suhrkamp taschenbuch 1155

Jürg Federspiel, 1931 in Kempthal, Kanton Zürich, geboren, verbrachte seine Jugend in Davos, Zürich und Basel. Mit 21 Jahren begann er zu schreiben. Er lebte längere Zeit in Paris, München, Berlin, New York; heute ist er in Zürich ansässig.
Zu seinen bekanntesten Veröffentlichungen zählen: *Orangen und Tode* (1961); *Massaker im Mond* (1963); *Der Mann, der Glück brachte* (1966); *Die Märchentante* (1971); *Paratuga kehrt zurück* (1973); *Die beste Stadt für Blinde* (1980); *Die Ballade von der Typhoid Mary* (1982); *Die Liebe ist eine Himmelsmacht* (1985).
Seit dem Erscheinen des Erzählungsbandes *Orangen und Tode* 1961 gehört Jürg Federspiel zu den wichtigsten Stimmen der Gegenwartsliteratur.
Von Orangen und Toden, von leuchtenden Zeichen des Lebens und von der Lebensangst handeln die Geschichten dieses Bandes. »Eine Frau, noch halb betäubt vom völlig unerwarteten Selbstmord ihres Mannes, überdenkt in der Herbsteinsamkeit, während Rabenschwärme über sie hinziehen, das Leben, das sie mit dem Toten führte, und beginnt zu erkennen. Ein deutscher Soldat, einst als Deserteur in Paris untergetaucht, kehrt an die Stätte seiner Erfahrungen, schlimmer und guter, zurück und stattet, ohne daß ein direktes Wort fiele, seinen Dank ab.
Das sind Lebenssummen, gezogen in dem produktiven Augenblick, den auszumachen ein Teil des erzählerischen Talents ist. Es sind Komprimate, die Stoff genug auch für ausgedehntere Erzählgebilde beherbergten. Für Jürg Federspiel ist die Kurzform die Methode, einem Stoff, fern aller epischen Breite, ein Maximum an Wesen und Wirkung, an konzentrierter Wahrheit abzugewinnen.« *(Günter Blöcker, FAZ)*

Jürg Federspiel
Orangen und Tode

Erzählungen

Suhrkamp

Umschlagbild: Pierre Bonnard, Frühstückstisch. 1899
Mit freundlicher Genehmigung der
Stiftung Sammlung E. G. Bührle, Zürich

suhrkamp taschenbuch 1155
Erste Auflage 1985

Suhrkamp Taschenbuch Verlag
Satz: IBV Satz- und Datentechnik GmbH, Berlin
Druck: Ebner Ulm · Printed in Germany
Umschlag nach Entwürfen von
Willy Fleckhaus und Rolf Staudt

1 2 3 4 5 6 – 90 89 88 87 86 85

Inhalt

Für Karin und Philippe Pilliod

Es ist nicht wichtig,
der Stärkere zu sein,
sondern der Lebendige.
Brecht

Calaveras und die Raben

Gegen neun Uhr schrieb er den Brief, rumorte in Schubladen und Schreibtischfächern, zerriß das Geschriebene wiederum, stapfte ins Badezimmer, wusch die Hände und warf die Frottiertücher durcheinander; ein Spielzeug, das auf der Kellertreppe lag, räumte er mit einer Fußbewegung zur Seite, holte das Ordonnanzgewehr aus dem Werkzeugkasten und ging in die Waschküche. Die Stellung schien ihm selbst grotesk: er mußte die Rechte sehr weit ausstrecken, halb kauernd, halb stehend, tastend, den Daumen versteifend; einen Augenblick wartete er auf den Film, der in Sekundenschnelle noch einmal abgespult werden sollte, aber das einzige, was er dachte und unablässig vor sich hinsagte, war: Siam. Obwohl er nie dort gewesen war. Einfach Siam. Dichtes Geäst überwölbte ihn, Wedel der Arekapalmen, Kakaobäume, die träge im hellgrünen Wasser standen; Rufe, Zirpen, zitronengelbe Mäntel, Pirogen, die vorüberflirrten, sanft, gleitend, Mädchenhände aus Jade und Elefanten mit rötlichen Albinoaugen –: Der klatschende Knall riß seine Fäuste an die Schläfen, als ließe sich die Sache noch einmal überlegen...

Ein Geräusch wie von Sicheln, die durch das Zimmer sirrten, weckte sie. Sie hatte die Fenster offengelassen: Schwalben flogen durch das Haus, berührten in stracksem Flug die Türrahmen und stiegen dann am andern Fenster wieder empor und verschwanden hinter den Tannen über dem Felsabhang. Unversehens kehrten sie zurück, durchflatterten die Zimmer und die Breite des Hauses, als sei es unbewohnt, als wären die Fenster nie

geschlossen gewesen...
Sie empfand ihren eigenen Duft wieder stärker als früher, süßer, unverkennbar; es war nicht der Duft von ›Appleblossom‹, den *er* gemocht hatte und den er ihr jeden Monat schenkte, sorgfältig in rosa Seidenpapier verpackt, und der an ihr anders roch als in Wirklichkeit: – es war dies eine eigene Süße, herber, verhaltener, eine Süße, die sie riechen konnte wie eine Erinnerung, wenn ihre Wange die kalte Schulter berührte.
Die aufgeschlitzte Reisetasche lag neben dem Bett: ein Zipfel Unterwäsche hing über den Rand.
Sie war hier.
Einer der Söhne des Sportladenbesitzers hatte die Taschen herausgeschleppt, von der ersten Waldschneise an jedenfalls. Bis dort waren sie mit Wagen und Pferden gelangt: Biegungen und Schleifen durch das Heidelbeergestrüpp, dann wieder steil ansteigende Striche durch den Wald mit den schäbigen, ausgefransten Eichhörnchen, die von promenierenden Feriengästen mit allerlei Zeug gefüttert wurden.
Das Kleid, das sie auf der Reise getragen hatte, lag wie eine abgestoßene Haut über der Stuhllehne. Sie schlüpfte in Pantoffeln und Morgenrock, ging in die Küche, schaltete die Kochplatten ein und begann summend und mit verschränkten Armen eine Hausordnung zu lesen, die über dem Ausguß hing: Vor allem kein Lärm. Zerbrochene Tassen und Teller mußten ersetzt werden. Falls mehrere Gäste das Haus bewohnten, entschied bei Streitigkeiten der Besitzer des Sportladens... Nun, sie war allein. Außer Saison. Vier Wochen, achtundzwanzig Tage, umgerechnet in Stunden – soundsoviele. Tage – das war nichts. Kaum eine Zeit. Aber es gab Minuten, einzelne

Minuten, die nicht abliefen – so mußte die Hölle sein: Sekunden, die sich anhäuften zu Minuten, die sich wiederum in unendliche Sekunden auflösten wie zerfaserndes Fließpapier.
Das Wasser begann zu kochen. Sie goß den dampfenden Strahl über den Tee, packte die zwei Reisebrote vom vorigen Tag aus – ein wenig dürr. Der Schinken war noch fast frisch; sie trug die Brote und den Tee ins Schlafzimmer zurück.
Der Tee roch nach Mandarinenblüten, herrlich. Sie sagte es laut, aber es tönte, als würde eine Stimme unter einem Kissen erstickt; sie hatte sich angewöhnt, Urteile und alles, was ihr einfiel, laut zu sagen, so, als sitze sie am Morgentisch mit den Kindern...

Die Sonne lag wie Eidotter in den weißen Wolken, und die Wolken kräuselten bis zu den Tannenspitzen hinunter; September. Bemooste Steine funkelten im Bach, und man hörte es sprudeln und glucksen.

Obwohl er ungeheuer viel arbeitete, sah er damals aus, als käme er geradenwegs aus den Bergen, bronzebraun, mit steinernen Waden und blasenbedeckten, aufgesprungenen Lippen.
Später, nach fünf Jahren, war seine Haut grau geworden; sie verengte sich unter den Augen und über den Backenknochen, und die Handgelenke schimmerten bläulichweiß. Die Hände hatten wenig mit seinem Aussehen gemein: rötlich, fast plump und wie aufgepfropft auf dem hellen Sakkoanzug, den er damals trug, an jenem Abend eben, an dem sie sich kennenlernten. Er hatte die Nacht in der Eisenbahn verbracht; ein so junger Mann,

der bereits Verträge für seine Firma abschließen durfte, dachte sie damals; eigentlich sehr jung, fast zu jung für sie; seine Bewegungen waren überaus schlaksig, doppelt beinahe – er schien jede Bewegung durch zwei kürzere, überflüssige zu ersetzen; er saß da und hörte zu, ja, es ging damals um das Verhalten von Kindern und ihren Krankheiten als Ausdruck der Inkarnationsschwierigkeiten, Dinge, die an sich völlig plausibel waren, die jedoch immer ein wenig sektiererisch klangen, sobald man sie aussprach. Es war ein ziemlich öder Abend, obwohl er ihn als wundervoll bezeichnete, als sie später gleichzeitig aufbrachen, so, als hätten sie sich immer gekannt... Während all der Stunden war seine verhaltene Lebendigkeit wie Regenfall auf die gelbe Dürre eines Bahnabhangs gefallen; er hatte dem überheblichen Geplauder ihrer strohblonden Freundin kaum zugehört, obwohl er dauernd vor sich hinnickte, ein geknicktes Streichholz in den Fingern drehend – *sie* schaute er an, fast unablässig oder immer dann, wenn eine Bewegung dies erlaubte: das Wechseln der verschränkten Knie, das Abstreifen der Zigarettenasche oder der Griff nach dem Glas. Die ganze Zeit saß er da, selbstbewußt, männlich wie in einem Frauenmagazin, überlegen... Ja, und dann brachen sie eben gleichzeitig auf, eigentlich bloß, um bis zur nächsten Taxistation zu spazieren; irgendwie plauderten sie dann weiter und weiter, über die Taxistation hinaus, und schließlich waren sie in einer Bar gelandet: Tische, die wie Hocker aussahen, und Hocker, die kleinen Tischen ähnelten. Man wußte nicht, worauf man sich setzte. Ein Dutzend Arme und Schultern verschlangen sich gegenseitig auf der leintuchgroßen Tanzfläche und bewegten sich zu den Rhythmen einer italienischen Musikkapelle,

die immer und immer wieder den Schlager über eine ›luna rossa‹ intonierte, wobei der Sänger – ein hotelpagenähnlicher Jüngling – gierig über das zurückgebogene Mikrofon hing, als sei dies das Kreuz einer schmachtenden Frau, die er in sanftem Bogen zu sich zog. Später erinnerte er sich nicht mehr dran, an ihren Schwips und ihr Geplauder, wie sie sich eine Ehe vorstellte – Gott, welches Mädchen sprach mit fünfundzwanzig und einem Schwips nicht über Heirat und Ehe –, als handle es sich bloß um eine gefallene Strumpfmasche. Er nickte ernst und zustimmend, ähnlich jenen Geschäftsherren, die ihrer zweiten jungen Frau oder einer exaltierten Freundin zunicken: überlegen, geschmeichelt.
Er wolle ebenfalls heiraten, sagte er schließlich. Und er wolle sie heiraten. Sie! Sie lachten beide. Aber dann war etwas Unangenehmes, Starres in seinem Lachen; später bemerkte sie, daß dieses Starre in einem der Mundwinkel lag: die Zacke eines Stacheldrahts hatte ihm als Kind die Wange bis zum Mundwinkel aufgerissen. Er erzählte die Geschichte so oft, bis sie schließlich nicht mehr glaubwürdig klang. Sie blieben vor ihrem Hause stehen, lachend, vertieft in ihr Gespräch, das vom späten Klappern eines Briefkastens oder vorbeischlurfender Schritte und fernem Schlüsselklirren unterbrochen wurde, vom Windstoß und Schaukeln einer Straßenlaterne oder der zufälligen Berührung ihrer Hände. Zwei Wochen später kam ein Brief: er könne sie noch nicht heiraten. Aber bestimmt in einem Jahr. Der Abend war längst aus ihrem Gedächtnis entschwunden; am nächsten Tage erinnerte sie sich nicht einmal mehr an seine Haarfarbe; blond eher. Links gescheitelt. Vielleicht auch rechts oder gar nicht. An seine Hände erinnerte sie sich.

Die Briefe waren in einer der Reisetaschen. Ein dickes, mit einem Bindfaden zusammengeschnürtes Bündel... Irgendwo mußte eine Lücke sein, irgendwo mußte in diesen Briefen ein weißer Fleck zu finden sein wie auf einer alten Landkarte, aber es war zwecklos. Sein Leben war lückenlos gewesen. Nicht kurz und nicht eintönig, sondern lückenlos. Lückenlos wie ein Zirkusprogramm: hohe Kunst am Trapez, rachenspreizende, geifernde Tiger auf Schemeln und davor ein beherrschter Dompteur: Balancierakte auf dem Seil ohne Netz, gekonnte und doch lächerliche Equilibristik. Lächelnde Anstrengung und angestrengtes Lächeln. Für Männer seiner Art war die Welt wahrscheinlich ein Zirkus. Die Mädchen hatten bloß Nummern anzukündigen, strahlend, unentwegt, in rosigen Spitzenhöschen. Acht Monate, nachdem ihr Briefwechsel begonnen hatte, stand er eines Mittags unerwartet vor der Tür, einen Strauß dunkler Rosen im Arm... Die Tür glich dem Silberflitterrähmchen einer kolorierten Postkarte mit Widmung. Er verbeugte sich fast steif und nickte; dann schritt er an ihr vorbei und stand einen Augenblick später so gewohnt und zugleich fremd wie eine Topfpflanze im Zimmer. »Behaart und mit herzförmigen Blättern.« Seltsamerweise hatten alle drei oder vier früheren Freunde dieses Pflanzenhafte, Wuchernde, Stillwachsende.

So war auch die erste Nacht gewesen: er umrankte sie, verflechtete sie, wuchs über sie hinaus, hart und bedingungslos, und sie hatte dennoch das Gefühl gehabt, ihn im Augenblick der Ekstase zwischen den Schenkeln erdrücken und abwürgen zu können, aber sie gab sich einfach hin, und sie hätte auch nichts anderes tun wollen. Es war eine wundervolle Nacht; es gab noch viele solcher

Nächte, und doch blieb hinterher immer etwas Unausgesprochenes in ihr zurück – sei es, daß eine Frau den Mann nicht ganz in sich aufnehmen konnte, sei es, daß der Mann nicht ganz in die Frau eindringen konnte, ähnlich jedenfalls. Man war da, um sich auszufüllen, ganz und für immer. Sie kannte Frauen, die dazu fähig waren. Aber keinen Mann. Frauen besaßen volle, nackte Arme; Männer hatten Charakter, Manschetten, Potenz und solche Dinge – sie waren auf seltsame Weise nackter als Frauen. Eine Frau konnte nackt an einem Schreibtisch sitzen und Besucher empfangen, ein nackter Mann war verloren, unwürdig, entmündigt... Die Möbel rochen wie alte, wilde Kastanien, mürbe und muffig. Draußen riß der Wolkenvorhang, Sonnenlicht glühte auf den Arvenholzwänden.

Sie schickte sich an, die Reisetaschen auszupacken, trug die Wäsche zur Truhe und blätterte wieder in Büchern und ungelesenen Zeitschriften. Dann wieder die Reisetaschen: das chrysoprasgrüne Manchesterkleid, das sie damals trug, als sie sich kennenlernten – damals war es Mode, schwarze Strümpfe zu tragen –, das chrysoprasgrüne Kleid also: sie hatte es sechs Jahre lang aufbewahrt. Es war einfach geblieben.
Sie zerrte Duvet und Leintücher vom Bett und hing sie über das Balkongeländer. Der Tag versprach, wunderbar zu werden. Es ging gegen zehn. Um elf Uhr wollte sie auf der Dorfpost Karin anrufen, und die Kinder –
Etwas flatterte hinter ihr. Eine Schwalbe hielt verirrt im Flug inne und sirrte aufgeregt wieder aus dem Fenster.

Der Mann am Postschalter bemerkte sie nicht. Er wuchtete in Papierstößen und kritzelte Zahlen auf Zettel. Der Schirmdeckel über seiner Nasenwurzel und die Tintenstifte, die wie Mikadostäbchen hinter beiden Ohren steckten, erhöhten den Anblick des Arbeitseifers.
Sie räusperte sich.
»Telefonieren«, wiederholte der tintenstiftbestückte Mann. »Auswärts? Kabine eins.«
Es gab überhaupt nur eine Kabine: ein brauner Holzkasten mit zerrissenem Telefonbuch. Sie suchte nach der Fernwählnummer und drehte die Scheibe.
»Hallo. Ja, ja. Ich bins. Ich hör dich nicht! So, jetzt, ja. Danke. Und du? Und die Kinder – sind sie brav? Beide?«
Sie lachte.
»Laß dir nichts gefallen. Wirklich. Sag ihnen, daß Mami sehr böse und traurig sein wird, wenn sie es nicht tun – ja. Bis jetzt gefällt es mir. Man hat Ruhe. Ja. Sehr. Vielleicht könntest du in zwei Wochen für ein paar Tage mit den Kindern herkommen. Ach so. Ich verstehe. Gut also. Jaja. Ja. O ja. Warum denn? Ich weiß nicht. Manchmal ist alles so sinnlos. – Nein. Bestimmt... nein, ich weine nicht. Warum soll ich? Jetzt noch? Es mußte alles so kommen, glaube ich. Ich wußte es immer. Oder ich ahnte es immer. Fischfrauen haben Intuitionen – sagt die Astrologie. Ach was, morgen – Wer denkt schon daran? Hat ja keinen Sinn... Ich werde schreiben. Noch heute, bestimmt. Die Schwalben, denk dir – die fliegen direkt durchs Haus! Ja! Wenn man die Fenster offenläßt. Und die Kinder sollen nicht auf dem verflixten Baugelände spielen. Also, also...«
Sie hing auf und ging zum Schalter.
»Vierzwanzig«, sagte der Mann.

Blätter drehten sich im Windkarussell und flüsterten am Straßenrand. Sie hatte plötzlich Lust nach einem zweiten Frühstück.

In dem Café brachte ein ältlicher Kellner Modezeitschriften, und sie schlug wie immer die Rubrik der Rat- und Vorschläge auf und ärgerte sich gründlich: man besorge sich eine hübsche Konservenbüchse, bemale sie in einer freien Stunde, kaufe ein kleines Motörchen und baue es ein. Selber! Anmerkung: Keinen zu schnellen Motor. Oder die Anzeigen: »Blondes Bengelchen sucht erfolgreichen, starken Mann mit Charakter.« Neckisch. Sie konnte sich die kleine Hure lebhaft vorstellen. Zierlich und mit kecken Hinterbacken, blöd und gerissen. Zwei Freundinnen suchten Ferienbekanntschaften. Große, musikalische Männer bevorzugt. Männer auf einflußreichen Posten rauchen Pfeife. So, Pfeife. Tabak... Sie hatte »jemand« gekannt, der Zigaretten rauchte; fünfzig Stück täglich. Dann wieder gar keine. Dann wieder fünfzig.

Der ältliche Kellner trottete mit einem Kännchen Schokolade und zwei Brötchen daher. Er schien sich zu langweilen.

»Regen«, sagte er. »Es gibt Regen. Nicht mehr viel zu tun. Es ist die Jahreszeit. Um diese Jahreszeit gibt es ohnehin nicht mehr viel zu tun. Nun, bald ist es zu Ende.«

Als sie hinausging, begann es zu regnen. Die Tropfen klatschten auf ihr Gesicht und auf die Schultern; die Bergstraße schien fast endlos.

Im Tal stiegen weiße Nebelfetzen auf. Sie hätte gerne jemanden gesprochen. Nicht jemand bestimmten. Irgend jemanden. Sie hätte einfach erzählen wollen, dieses und jenes; es hätte genügt, jemandem sagen zu können, daß sie eigentlich gar nicht so sehr darunter litt, oder doch, *anders* litt, als sie gedacht hatte, anders, als vermutlich Frauen unter so etwas litten –: aber alles war schwerer, wenn man es niemandem sagen konnte.

Der Gasboiler arbeitete langsam; zuerst floß glucksend und hustend rostrote, lauwarme Lauge, stockte, röchelte – dann endlich kam das Wasser.

Ihre feuchten Kleider hingen an einem Kleiderbügel auf dem Balkon; sie warf den Morgenrock über und brannte eine Zigarette an. Der Nebel war höher gestiegen. Für Augenblicke brach wieder Licht durch eine Wolkenspalte, und sie sah die kantigen Bergkonturen der andern Talseite.

Sie plantschte im dampfenden Wasser, wohlig und ohne Langeweile. Anfangs hatten sie oft zusammen gebadet, geschrubbt, Rücken gerieben, spritzend und lachend wie Kinder. Später hatte er sich geschämt; als die Verliebtheit vorüber war, empfand er es als unwürdig; kopfschüttelnd, achselzuckend.

Sie streckte den Schenkel aus dem Wasser, seifte die Haut, bis die Flocken schäumten, erhob sich und wiederholte die ganze Prozedur; das Wasser leckte an ihr empor, als sie sich setzte...

Sie waren ein halbes Jahr verheiratet, als er ihr zum ersten Male verändert erschien. Germer oder Gerber oder ähnlich hatte der Angestellte geheißen, dessen Frau eines Abends bei ihnen zu Hause erschienen war, um über ihren Gatten zu sprechen. Sein Herz, sagte sie. Sein Herz! Germer mit dem schwachen Herzen. Nun, seit *er* das Kontor leitete und zwei andere Abteilungen dazu, war es aus mit Germers schwachem Herzen. Vorwärts, Germer, vorwärts! Wie geht's dem drohenden Herzinfarkt, droht er? Der Zeiger rückt, die Pensionierung wartet und die Arbeit auch. Bringen Sie das Dossier Ammerwald herüber! Danke, Germer. Hierher, Germer, nahe und schön zu mir! So ist's recht! So. Diese Bestellung wurde retourniert, wußten Sie das nicht, Germer? Und wo befindet sich die Fakturkopie? Nicht hier? Das sehen wir, Herr Germer, das sehen wir! Falsch eingereiht? Nicht wahr, Herr Germer? Wie geht's dem Herzen? Und der Frau Gemahlin?

Seine Stimme klang in ihren Ohren. Germer ließ sich vorzeitig pensionieren. Dann starb er an Krebs. Simpel und einfach an Magenkrebs. Daher das graue, unverdaute Lächeln.

Er selbst avancierte mit dreiunddreißig zum Geschäftsleiter. Samstag, Sonntag. Samstag. Sonntag. Er wußte alles, kannte alles; Verkehr, Umladung, Organisation, die Preise und Preisschwankungen, die Kalkulation, alles. Selbst die Vorarbeiter kannte er, persönlich, jeden einzelnen. Er, der Unentbehrlichste der Unentbehrlichen...

Damals kauften sie einen größeren Wagen und siedelten in eine Landwohnung über. Inzwischen war das zweite Kind zur Welt gekommen. Sie war glücklich, daß es wiederum ein Mädchen war; irgendwie war sie glücklich darüber, obwohl sie nicht hätte sagen können, weshalb.

Er hatte ihr selten etwas erzählt, wenn er nach Hause kam – und er kam eigentlich nie vor neun Uhr. Er warf sich in den Stuhl, erzählte etwas über Verkehrs-Umleitungen auf der Heimfahrt, über den Motor, der ein schepperndes Geräusch von sich gab. Dann schaufelte er das Essen hinunter, kauend wie eine Eidechse, die Aktenmappe in seiner Nähe. Auch zu Hause. Er wühlte, legte Kopien aller Art, Preislisten, Broschüren, Korrespondenzdossiers neben sich, unterstrich, strich durch, notierte dickumränderte Bemerkungen auf die Briefe –: es war meist nach Mitternacht, wenn er ins Schlafzimmer kam, murmelnd, verbraucht.

Zuweilen tastete er zu ihr hinüber, immer mit demselben Gemurmel, streichelte ihre Hüften und Rückenmuskeln und knipste schließlich das Licht wieder an. Er wollte sie sehen. Sie war nie wirklich enttäuscht darüber, auch wenn sie sich zuweilen wie irgendein pharmazeutisches Produkt vorkam, wie ein Schlaf- oder Beruhigungsmittel. Wie sehr diese Art von Genuß den Beigeschmack von Leere in sich trug, hatte sie erst in den allerletzten Wochen entdeckt.

Sie zog das Tuch hinter dem Kopf hervor, stieg aus der Wanne und begann sich zu frottieren; die Haut glühte trotz des laugewordenen Wassers. Sie streifte den Morgenrock um ihre Schultern... Unten rief jemand ihren Namen, klopfte mit dem Türklöppel und wiederholte das Rufen; sie ging hinunter –;

einer der Brüder des Sportladenbesitzers hatte den Korb mit dem Fleisch, den Konserven und den übrigen Dingen vor die Tür gestellt; sie ging wieder treppauf und kontrollierte die beigelegte Rechnung –;

dann säuberte sie das Badezimmer, wischte den Klinkersteinflies und ließ den Dampf aus der kleinen Fensterklappe. Alles, was fehlte, war der Geruch von Rasierseife; sie liebte es, Männer beim Rasieren zu betrachten. Einfach so. Vielleicht einer ihrer Ticks! Rasieren – irgendwie war das ein täglich zelebrierter Kult der Männlichkeit. Sie dachte an ein Buch, in dem von Unbefriedigtheit die Rede war. Also unbefriedigt. Unbefriedigt! Auch das noch.

Sie pfiff und ging in ihr Zimmer und wieder hinaus in die Küche, nahm ein kleines Glas vom Geschirrbord, spazierte in ihre Klause zurück und schob das Fenstertischchen zum Bett. Es gab tausend Kleinigkeiten zu tun –; in der Truhe fand sich ein orangenes Tuch, das sie über den Tisch ausbreitete. Blumen gab es keine, aber die flaschengrüne Schießbudenvase machte sich recht hübsch auf dem Tuch.

Sie streckte sich auf dem Bett aus, erhob sich gleich wieder und holte die Zigaretten und das verschnürte Bündel Briefe aus der Reisetasche.

Im Tal qualmte Regennebel. Graue und schwarze Vögel zogen herauf und verschwanden hinter den Steinen und bemoosten Böschungen; über der Halde schwebte eine unentschlossene Bergdohle, flatternd, krächzend.

Sie schloß das Fenster und streifte die Schnur vom Briefpaket.

»... eigentlich ein sehr umgänglicher Mensch, man braucht ihn bloß so zu behandeln, wie er es wünscht, dann ist er in jeder Weise entgegenkommend. Ich bringe die Dinge so vor, als sei er selbst auf die Idee gekommen. Das Ende des Koreakriegs wird natürlich Preisschwankungen hervorrufen, aber – achgott, ich will Dich nicht mit meinen Angelegenheiten langweilen. Wie geht es Dir, meine Liebste? Ich hoffe, gut. Bleib schön! Letzthin, fällt mir gerade ein, traf ich einen früheren Schulkollegen. Er will ebenfalls zur Eisenbranche überwechseln ...«

Was er tat, tat er für sie. In fast allen Briefen stand dasselbe. Sie hatte niemals erfahren, ob es vor ihr schon »andere Frauen« gegeben hatte... »Kurz nach der Lehre – daneben hatte ich mein Studium bereits begonnen – gingen wir einmal in ein Café; sie war sehr nett (bei weitem nicht so nett wie Du!), aber es hatte ja keinen Sinn, mit einem Mädchen anzufangen, das im selben Geschäft arbeitet. Schließlich kann dies dem event. Vorwärtskommen in einem Geschäft sehr schaden, denn man weiß ja nie, ob man bleibt, und die Leute vermuten ja immer sofort ein Verhältnis...«

Einer der Briefe war besonders abgegriffen: sie hatte ihn mehrere Male gelesen, auch später wieder, nach seinem ersten Besuch mit den dunkelroten Rosen... »Da es etwas seltsam tönt, einen Heiratsantrag in der Sie-Form zu formulieren, erlaube ich mir, die intimere Anrede Du... und ich kann auf jeden Fall versprechen, daß ich Dich niemals enttäuschen würde. Jedenfalls ist meine Stellung in der jetzigen Firma geradezu unantastbar, und es wird in den nächsten zwei Jahren noch ganz entscheidende Änderungen geben. Aber darüber möchte ich mich schriftlich nicht weiter auslassen. Jedenfalls können Sie –« (dies war durchgestrichen) – »Jedenfalls kannst *Du* mir Dein vollstes Vertrauen schenken. Ich werde mich Deiner – einer aus guter Familie stammenden Tochter – bestimmt würdig erweisen –«

Sie schob die Briefhaufen zur Seite und griff nach einer Zigarette –

Sie stand am Fenster. Die eisengrauen Wolken fraßen wie Schlieren über den Himmel, aus dem zuweilen der Scherenschnitt eines Vogelschwarms hervorschoß und gleich wieder aus dem Blickfeld verschwand... Inner-

halb dessen, was er tat und dachte, war er immer fehlerlos gewesen. Selbst seine Kopfschmerzen konnten ihn zu keiner fahrlässigen Handlung verführen. Damals, vor drei Monaten, hatte er die Leitung der Konkurrenzfirma übernommen, und er hatte von diesem Erfolg erst gesprochen, als – ja, er hatte eigentlich überhaupt nicht davon gesprochen: Wie üblich war er gegen neun Uhr nach Hause gekommen, fuhr erst den Wagen in die Garage, schloß die Tür und kam mit einem Strauß Rosen, den er mit einer Zeitung umwickelt hatte, herein; doch war keine Freude oder Stolz in seinem Gesicht. Er war angelangt; fahrplanmäßig hatte er eine der vorgeschriebenen Stationen erreicht.
Sie schickten die Kinder ins Bett, tranken Champagner (der seines Erachtens aus einer gehörigen Feier nicht wegzudenken war) und feierten, oder wie immer man es nennen wollte: Kerzen, Musik, Zärtlichkeiten – wie im Film. Unwirklich, nett und doch komisch. Für einmal schien seine Männlichkeit wie aus einem Dösen zu erwachen. Jede seiner angestrengten Bewegungen schien zu sagen: damit belohne ich dich für meine – scheinbare – Unaufmerksamkeit, damit belohne ich dich für meine – scheinbare – Vernachlässigung. Der steifvernarbte Mundwinkel erinnerte an ein gehetztes Pferd, das von der Kandare zurückgerissen wird: Eine graue Ebene war da, und das Tier rannte und rannte und rannte, und der unsichtbare Reiter riß zurück und trieb zugleich an...

Die beiden Fensterflügel sprangen auf, knallten zu und öffneten sich wieder: der Wind. Er sträubte die Nadeln der Föhren und fuhr schimmernd über das Berggras. Kalt, sagte sie, es ist kalt geworden.

Wiederum erschienen Schwärme von schwarzen Vögeln, flach, tief und kreisend; es kamen immer mehr. Sie flogen aus dem Nebel herauf, flatterten wie wildbewegte Fächer und ließen sich müde und matt niederfallen. Eine Insel, sagte sie wiederum sehr laut, es ist wie eine Insel. Inseln konnten verschwinden, sogar Erdteile, doch die Vögel kamen immer und immer wieder dorthin, selbst nach Jahrtausenden, und ließen sich auf dem Wasser nieder, weil Äonen zuvor sich Vögel an dieser Stelle niedergelassen hatten; damals, als die Inseln und der Erdteil noch da waren. Und die Vögel ertranken...

An jenem letzten Abend war er bereits um acht zurückgekehrt. Er ging mit sturem Nicken an den Kindern vorbei, warf die Aktenmappe auf die Konsole im Korridor und verschwand im Badezimmer. Sie hörte lautes Klappern und Scheppern, und als sie hinausging, stand er mit sandgrauem Gesicht unter der Tür – die abgerissene Kette des Spülkastens in der Hand haltend – und starrte sie mit seltsam verkleinerten Augen an und bewegte die Kinnbacken, als versuche er, Kiesel zwischen den Zähnen zu zermalmen. Nicht, sagte sie, nicht! Er trat näher, schwang die abgerissene Ziehkette wie eine Peitschenschnur: – *ich* sage nicht, flüsterte er. Zweihundert! Zweihundert Franken. Weißt du, was zweihundert sind? Nein, du weißt es nicht. Nicht, nicht, nicht... Und sein Gesicht verzerrte sich, als risse jemand an seiner Kopfhaut, als sei diese Kopfhaut aus Kautschuk und könne mit einem einzigen Griff vom Schädelknochen gefetzt werden. Er starrte sie an, dann wieder die Hand, die nicht ihm zu gehören schien, die fremd war und die den Porzellangriff, an dem die Abzugkette hing, umklammerte. Sein Blick wandte sich wieder zu ihr; er begann zu murmeln, zwischen festgeschlossenen Zähnen und Lippen. Dann trat er plötzlich zurück, ins Badezimmer, und riegelte die Tür ab. Unten stand das Essen auf dem Tisch; sie wartete zehn oder zwölf Minuten mit den Kindern. Schließlich kam er die Treppe herunter und trat ins Eßzimmer, als sei nichts geschehen.

Die Kette, sagte er bloß, die Kette ist gerissen, bloß Wasser gespült, und schon reißt die Kette.

Ja, antwortete sie, ja, vielleicht ein loses Glied oder durchgerostet.

Durchgerostet, wiederholte er leise, fast flüsternd, durchgerostet? Nach zwei Jahren soll die Kette durchgerostet sein?

Er betrachtete sie wie eine häßliche, unangenehme Verwandte, ließ Gabel und Messer aus Kinnhöhe fallen, erhob sich und stolperte ins Nebenzimmer. Sie aß weiter mit den Kindern, schweigend, lauschend.

Kurz nach neun ging er ins Badezimmer und dann in den Keller hinunter. Sie benutzte die Gelegenheit, um ins Nebenzimmer zu huschen. Ein abgerissener Zettel lag dort, und sie las ihn mehrere Male und verständnislos: zweihundert Franken – in Zahl und Buchstaben geschrieben. Die Firma hatte sie durch ihn verloren. Sie las das kristallbeschwerte Stück Papier nochmals und abermals: Lächerliche zweihundert, die er mit einer Handbewegung austilgen konnte.

Schließlich hallte die Detonation aus der Waschküche, laut, überlaut, als schlügen schwere Buchdeckel gegen ihre Ohren.

Flügelschatten huschten über die Scheiben. Regenwolken stiegen aus der Talgegend und lagen dunkelfleckig über der Halde. Aber als sie das Fenster öffnete, begann sich der Wiesenabhang zu bewegen.
Dunkle Vögel saßen überall. Schweigend und in Schwärmen. Gefieder an Gefieder reihten sie sich auf den Leitungssträngen und Quermasten, drängten sich in Herden und Gruppen zusammen, fleckig und schwarzgefiedert. Neue kamen. Sie schwebten wie düstere Papierschlangen aus dem Tal herauf, vergrößerten sich, lösten sich in einzelne lautlose Schwingen auf, zogen dem Haus entgegen, flatterten stumm über das Dach hinweg und kehrten wieder zurück, die gelben Krallen ausstreckend und im Niedergleiten die Schwingen schließend.
Tausende. Sie fielen wie schwarzer Schnee aus allen Nächten der Welt. Jeder Schlag ihres Pulses brachte neue Schwärme.
Vielleicht brennt das Tal, sagte sie, oder der Wald, oder ein vergifteter Wind jagt sie.
Das Rauschen hielt an. Raben vielleicht, deren Schnäbel den Kristallberg abwetzten; vielleicht war dies der letzte Tag, vielleicht war sie die letzte lebende Frau –
Sie trat einen Schritt ins Dunkel des Zimmers zurück. Das Schwirren über dem Dach war verstummt; sie zitterte. Du bist allein, sagte sie laut. Du bist allein. Es gibt niemanden mehr. Bald ist es zu Ende, hatte der ältliche Kellner gesagt. Was war zu Ende? Sie hatte keine Zeitungen mehr gelesen –
Sie hörte ihre Stimme: Nimm deine Hände. Nimm deine Hände. Nimm deine Hände...
Das Klatschen ihrer Hände klang hilflos in der Stille, die noch für die Dauer eines Flügelschlags anhielt, dann –

die dunklen Wolken begannen sich aufzulösen, flogen wie stiebende Rußfetzen empor. Heiseres Krächzen klang um das Haus auf, erfüllte kreischend die Luft, unterbrochen von hellen, langgezogenen Schreien; ein Orkan von Schwingen brauste empor, schäumte fetzend und kreischend, brach wie eine Woge von Tinte und Pech, zerspritzte und zerflog in alle Richtungen des Windes.

Sie ließ die Arme sinken. Die letzten Raben verloren sich wie Tuschzeichen im Nebel.

Orangen vor ihrem Fenster

Die nassen Stämme der Linden phosphoreszierten im Regen wie die Autopneus, deren Stieben den Frühlingsduft aus den Fliederhecken riß und ihn süß und schwer vor dem offenen Fenster zerstäubte.
Der kahlköpfige Mann im Lodenmantel hatte sich auf den Fenstersims gesetzt und sah zur Häuserfront hinüber. Rohe Latten stützten die Fensterkreuze, und die Quader der Balken hoben sich vom regenfahlen Verputz des Hauses ab. Es waren alte Mauern. Überall in diesem Quartier waren alte Mauern.
»Nachts hörte er wohl das Rieseln des Sandes in der Mauer, und er schoß aus seinem Schlaf empor, lauschte, ob dies Stimmen seien oder das Geräusch von Leder und knirschenden Schritten«, sagte der Concierge im Dunkel des Zimmers.
Er stand auf den Zeitungsblättern, die über den Boden ausgebreitet waren, verklebt und zerknittert, zwischen Farbtöpfen, Stofflappen, Pinseln und einem Kessel Gipsertünche; die Zeitungsblätter raschelten, wenn der alte Mann sich bewegte.
»Vier Tage, bevor hier alles zu Ende ging, holten sie ihn«, sagte er dann.
»Geschossen wurde damals nicht viel, erst in den allerletzten Tagen und Stunden, als die Widerstandsleute aus allen Löchern wie Ratten auftauchten und als in jedem Torbogen, in dem eine Zigarette aufglomm, gewiß auch einer oder mehrere mit Gewehren standen und warteten. Damals hatte er sich schon mehr als zwei Jahre im Hause versteckt; er und das Mädchen wohnten in diesem Zim-

mer. Er schien keine Angst zu haben, oder auch sehr viel Angst, man weiß es nie genau. Er ging aus und ein, als sei er wie jeder andere, als wüßte niemand, daß er ein Deserteur war. Sogar nachts ging er aus, obwohl die Patrouillen überall marschierten. Vielleicht hatte er so sehr Angst, alleine zu sein und warten zu müssen, daß er es vorzog, in den Straßen herumzuflanieren. Vielleicht trieb er auch Schwarzhandel oder arbeitete sogar für die Widerstandsbewegung. Jedenfalls kam er sehr oft bei Tagesanbruch zurück, und das Mädchen legte jeweils Orangen vor das Fenster, damit er wußte, daß niemand da war, daß es keine Gefahr gab –«

»Orangen«, sagte der Mann im Lodenmantel und sah noch immer auf die Straße hinunter.

»Freilich. Orangen«, wiederholte der alte Mann eifrig und stocherte mit der Schuhspitze in den Zeitungsblättern. »Weiß der Himmel, woher das Mädchen sie dauernd beschaffen konnte, und wenn mal keine Orangen da waren, dann waren es Äpfel. Da, wo Sie sitzen, lag auch immer ein Papier mit Tabakblättern, zwischen denen kleine Orangenschnitze oder Apfelstücke trockneten. Es gab ja nur wenig Tabak, aber das Mädchen beschaffte immer welchen. Der Tabak roch gut – ich bin selbst Pfeifenraucher. Er roch nach Orangen oder Äpfeln –«

Der Mann im Lodenmantel begann sich zu räuspern, stand auf, streckte und dehnte die Arme und fuhr mit dem Handrücken in seinem narbigen, sauber rasierten Gesicht herum.

»Eigentlich sah er gut aus«, sagte der Concierge vor sich hin. »Groß wie die meisten Deutschen. Riesig sogar. Aber nachdem sie ihn in den Keller gebracht hatten und eine Viertelstunde unten geblieben waren, sah er aus wie eine Tanne im Gebirge, zerfetzt und abgestückt... Die Zähne standen so quer wie die Ähren nach einem Gewitter, und die Fleischstücke hingen ihm vom Schlüsselbein bis zu den untersten Rippen herunter, als wären es bloß getrocknete Wursthäute. Im Keller entdeckten sie dann auch den Kohlehaufen, und sie jagten ihn etwa fünfmal hinauf. So viele Male schaffte er es. Einer stand oben und empfing ihn mit Fußtritten, so daß er wieder hinabkollerte, und die beiden andern, ein Deutscher und der Vichymann, trieben ihn mit Schürhaken und Kohlenschaufel wieder hinauf. Schließlich ließen sie ihn liegen. Leute aus der Nachbarschaft versteckten ihn dann in einem andern Keller, aber sie wagten kaum, ihn zu pflegen, und meine Frau und ich schleppten ihn nach drei Tagen wieder zu uns, auch in den Keller; wir dachten, daß sie ihn tatsächlich für tot gehalten hatten oder auch vergessen –«

Der Mann im Lodenmantel nickte und sah wieder aus dem Fenster; er stand dort, als sei er durch das Fenster und nicht durch die Tür hereingekommen.

Es regnete noch immer. Die Straßenlaternen setzten weiße Lichtkegel ins Dunkel, schwangen sanft hin und her und strahlten zwischen die Eisenstäbe mit den saftgrünen Blättern und dem Flieder, der sich aus dem Garten gegen die Straßenseite preßte.

»Ich bin Deutscher«, sagte der schwere Mann im Lodenmantel, ohne sich umzudrehen. Er lachte.

»Ich dachte es«, versetzte der Concierge und fixierte den kahlen Hinterschädel des Mannes. »Aber Sie können das Zimmer trotzdem haben. Mir haben die Deutschen nichts getan, obwohl sie mir vermutlich etwas getan hät-

ten, wenn sie mich einige Zeit früher erwischt hätten. Wegen der Kohlen, meine ich.«
Er holte eine dickbauchige Pfeife aus der Tasche seiner Eisenbahnerjacke und bohrte gedankenverloren im Tabak herum.
»Wann möchten Sie einziehen?« sagte er. Sein Fuß stieß gegen den Kessel mit Gipsertünche, und das Geräusch ließ den Mann aufschauen. »In zwei Tagen ist das Zeug trocken. Auch die Farbe. Bloß die Tür muß noch angestrichen werden. Und der Wandkasten.«
»Ich weiß nicht«, antwortete der glatzköpfige Mann. Seine Stimme klang wie durch ein Taschentuch. »Jedenfalls kann ich Ihnen eine Monatsrate im voraus bezahlen. A fonds perdu.«
»Zwölftausend. Es ist viel und doch wenig. Und baden können Sie auch. Waren Sie hier während der Besetzung?«
»Kurz«, antwortete der kahle Mann und drehte sich wieder zum Fenster. »Spielt das eine Rolle?«
Die Tür knarrte, und die beiden Männer wandten dem Fenster den Rücken zu und sahen zur halbgeöffneten Türspalte, in der schwanzringelnd eine Katze erschien, schnuppernd und aufmerksam. Gleich darauf verschwand sie wieder.
»Die Katze gehörte dem Mädchen«, sagte der Concierge und deutete mit der Rechten zur Wand, an der zwei geflochtene Sessel standen.
»Die Katze, ein Tisch, zwei Stühle, ein Bett und ein paar Decken und Kissen; Briefe und solches Zeug –«
»Was für Zeug –?«
»Zeug«, wiederholte der Concierge. »Das ist das einzige, was das Mädchen hiergelassen hat.«

»Was für ein Mädchen?« fragte der glatzköpfige Mann und fuhr mit der fleischigen Hand über seinen Hinterkopf. Handrücken und Kopf wurden eins. Dann knöpfte er seinen Lodenmantel zu.

»Das Mädchen, das mit dem Deserteur hier wohnte. Mit dem Deutschen. Sie war sehr zierlich, fast klein, und er war ein Riese. Aber wahrscheinlich war er gar kein Riese wie die meisten Riesen, wahrscheinlich rollte er wie eine Kugel in seinem Riesenkörper herum, wie eine Fracht, die sich in einem schlingernden Schiff losgelöst hat. Oder ähnlich. Riesen sind meist verlorene Kinder. Jeder weiß das. Aber das Mädchen liebte ihn. Vielleicht deswegen. Trotz der Orangen.«

»Trotz der was –?« fragte der glatzköpfige Mann gereizt und guckte den Concierge an, der noch immer mit dem Daumen an seinem Pfeifenkopf herumschnipselte.

»Trotz der Orangen. Man weiß es nie genau. Auch das Mädchen kam oft spät nach Hause. Wir hörten, wie sie den Türknopf zog und halblaut ihren Namen rief, bevor sie den Treppenabsatz erreichte, aber sie war meist vor ihm da, und er war oft so betrunken, daß sie ihn unten holen und heraufschleppen mußte, und wir hörten, wie er oben Tische und Stühle umriß und wie im Badezimmer unaufhörlich gespült wurde und wie er zuweilen mit lautem Krach noch einmal umfiel, Gläser und Vasen zertrümmernd –«

Der alte Mann hielt inne, ging bedächtig zum Lichtschalter und drehte ihn. Die Wände waren nackt, und weiße Spritzer trockneten auf dem Linoleum und den Zeitungsblättern.

»Dann war es meist still«, sagte der Concierge, als hätte er den Satz überhaupt nicht unterbrochen – »dann war es meist still, und man hörte das Mädchen summen und singen. Sie war zierlich –«

»Ich weiß –«, unterbrach der Mann im Lodenmantel.

»Sie war zierlich und dunkelhaarig«, fuhr der Concierge fort. »Und sie hatte ein richtiges Kindergesicht. Eigentlich hätte sie sich überhaupt nicht schminken dürfen, so kindlich war ihr Gesicht; es war immer wie von Kirschen verschmiert, obwohl sie sich eigentlich recht hübsch machte. Ja, und dann kam er durch die Straße gezogen, nachts –: überall öffneten sich die Fenster, und die Leute guckten zwischen den Läden hervor. Aber es geschah nichts. Einmal trug er einen zerfetzten Schirm in der Hand und zog einen völlig verdreckten Fuchspelz hinter sich her. Die Orangen lagen wieder vor ihrem Fenster in jener Nacht, aber das Mädchen war nicht zu Hause, und wie er oben laute Lieder grölte, deutsche Lieder, wollte ich dann schließlich hinaufgehen. Aber da kam sie gerade nach Hause. Der Riese stand halbnackt auf der Treppe und stürzte ihr entgegen, und sie trug eine Tüte voll Orangen und Äpfel und Konservenbüchsen, die die Treppe hinunterkollerten und -klapperten. Er trug sie trotz seiner Betrunkenheit die Treppe hinauf, und oben ließen sie die ganze Zeit die Tür offen. Erst nach einer Weile kam das Mädchen wieder herunter und sammelte die Büchsen und Orangen. Am nächsten Morgen wurden wir durch das Singen des Riesen geweckt. Er sang den ganzen Tag.«

Der Mann im Lodenmantel stand an der Tür und betrachtete die gipsweißen Händeabdrücke auf der abblätternden Tür.

»Die Tür wird morgen früh gestrichen«, versetzte der Concierge. »Morgen früh. In zwei Tagen ist alles trokken. Wollen wir noch ein Glas trinken? In der Küche?«

Die Küche war erfüllt vom Dampf kochender Pfannen, auf denen leise die Deckel schepperten.
»Gemüse«, sagte der Concierge und rückte die Küchenschemel ans Fenster.
Die Pinardflasche und zwei ausgespülte, tropfende Gläser standen auf dem Küchentisch.
»Eigentlich denke ich nie an jene zwei Jahre. Oder bloß dann, wenn ich die raschen Schritte einer Frau oder eines Mädchens auf der Treppe höre. Es waren Tritte, wie man sie in den Dörfern im Süden hört, auf Steintreppen oder Marktplätzen, klappernd und doch behutsam.«
Draußen auf dem Hinterhof glomm ein abgeschirmtes Licht und warf einen dämmrigen Lichtfilter auf die Eisensprossen der Hochparterretreppe.
Der Mann im Lodenmantel stellte das Glas behutsam auf den Tisch, preßte die Stirne an die Fensterscheibe und legte die Hände wie Scheuklappen an die Schläfen.
»Es regnet noch immer«, bemerkte der Concierge. »Hier geschah es dann.«
»Geschah was –?« fragte der Mann im Lodenmantel heftig. Er drehte sich um –
Der Concierge setzte sich breitbeinig auf den Küchenschemel und begann, die Pfeife auf dem Ausguß auszuklopfen.
»Das Mädchen kam zweimal mit einem deutschen Offizier nach Hause. Wir standen am Fenster. Es war spät. Der Offizier legte die Hände auf ihre Schultern und zog sie langsam an sich. Sie redeten sehr lange miteinander. Kurz darauf, in den letzten Tagen eben, kamen die Geheimpolizisten und der Vichyhäscher. Sie gingen auf den Fußspitzen die Treppe hinauf, so leise, daß man die Stufen kaum knarren hörte. Das Mädchen und der Deut-

sche spielten oben Boule mit den Orangen, die sie wohl kaum je aßen, trotz der schlechten Zeiten; wenn man das Zimmer betrat, lagen die Orangen entweder auf dem Fenstersims oder auf dem Teppich. Die Resultate hatten sie mit farbigen Kreiden oder Farbstiften auf die Tapeten geschrieben, und meine Frau ärgerte sich natürlich maßlos, aber wir mochten die beiden gern, und wir waren eigentlich fast stolz auf unsern Deserteur. Wir waren stolz, daß wir auch etwas taten, außer schweigen und tolerieren. Ein Deutscher weniger gegen uns, sagte ich, das ist fast so gut wie einen abschießen oder einen Eisenbahnzug sabotieren. Sabotieren stand hoch im Kurs damals.«

Der Mann am Fenster hatte sich umgewandt: für einen Augenblick glich sein Gesicht einem jener Bilder, das man aus mehreren fotografierten Gesichtsteilen zusammensetzt; bleich, passend, durchaus menschenähnlich und etwas fett.

»Meine Frau mochte zwar das Mädchen weniger. Nicht der bekritzelten Tapeten wegen. Einfach so. Man weiß es nie genau.«

»Was –?« sagte der Mann im Lodenmantel. Er saß noch immer vor dem vollen Glas und hielt den kahlen Schädel schräg gegen das Fenster.

»Ich weiß nicht«, versetzte der alte Mann langsam. »Jedenfalls hatte das Mädchen eine Stelle in einem Kino. An der Kasse oder so. Aber es war nur eine Gelegenheitsarbeit, und sie arbeitete hintereinander in mehreren Kinos, manchmal nachmittags, manchmal abends. Ja, und dann gingen eben die drei hinauf, polterten und schlugen gegen die Tür und rannten sie dann ein. Es war ein fürchterliches Schreien und Krachen oben; schließlich fiel einer der Deutschen rückwärts die Treppe hinunter. Aber zuletzt überwältigten sie den Riesen natürlich doch. Sie schleppten ihn in den Keller –«

Der Mann im Lodenmantel murmelte etwas vor sich hin. Er nippte zum ersten Male an seinem Glas, und das Glas schien durch die feiste Hand hindurch, als sei sie durchsichtig.

»Sie ließen den Riesen liegen –«, fuhr der alte Mann fort »– und gingen dann wieder davon. Die Leute hatten sich kaum aus ihren Wohnungen gewagt, und nun erschienen sie auf dem Korridor und auf der Treppe, und später erschien das Mädchen. Leise singend. Oder auch weinend. Es ist schwer zu sagen. Sie hatte bloß ein paar farbige Kleiderfetzen übergeworfen, ungeknöpft verfaltet, und in der Hand hielt sie das rote Seidenband, das sie über der Tür angebracht hatten, damit der Riese beim Eintreten nicht mit dem Schädel anstieß. Natürlich hatte er das Merkzeichen nach einer Weile wieder vergessen, gewohnheitshalber, und man hörte ihn laut und gründlich fluchen. Ja, und dann ging das Mädchen vorbei. Lautlos. Wie ein Fisch im Aquarium... Die Mitbewohner standen angeschmiedet an den Wänden, und zwei oder drei der Frauen streckten sogar die Hände aus, aber sie streifte sie so achtlos, wie man an Hecken und Büschen vorübergeht.

Ja, und eine Woche später zogen unsere Leute ein und die Amerikaner, und einmal erschienen ein paar randalierende junge Leute, die ihren Patriotismus damit an den Tag zu legen versuchten, indem sie die Frauen, die man mit Deutschen gesehen hatte, verprügelten und ihnen die Köpfe glattschoren. Ich habe das Mädchen niemals wiedergesehen. Vor drei Jahren schrieb ich an ihre Ver-

wandten in Lyon, aber auch dort wußte man nichts. Nicht einmal Beamte erkundigten sich nach ihr. Es war, als habe das Mädchen überhaupt nie gelebt. Oder doch nur so wie die alltäglichen Unbekannten, die vorbeigehen und die vielleicht gar nicht leben. Die es gar nicht gibt. Wer weiß – möglicherweise dürfen Gespenster in einer Großstadt eine alltägliche Menschengestalt annehmen. Vielleicht. Man weiß es nie genau.«
Der kahle Mann bewegte seinen Schädel hin und her und betrachtete die Innenseite seines Hutes, dessen Krempe er wie Blech zwischen seinen Fingern hielt. »Darf ich Sie zu einem Glas einladen?« fragte er schließlich.
Der Concierge zuckte die Schultern und sah zur halbvollen Pinardflasche.
»Wenn Sie wollen. Wo? Drüben?«
Das Licht im Hinterhof erlosch, und die Küchenscheiben wurden schwarz.

Die beiden Männer überquerten die öligen Regenbogenlachen, die im Schimmer der Straßenlichter auf dem Asphalt glänzten, und der Concierge öffnete die Tür zum Bistro. Eine säuerliche Wolke von warmem Biergeruch und Sägemehldunst lag über den Tischen; sie steuerten zur Theke, hinter der ihnen ein straffgescheitelter Mann die Arme entgegenschwenkte.
»Monsieur Charles!«
»Salut, Maurice«, sagte der Concierge.
Er bestellte Fine à l'eau für beide, wandte der Theke den Rücken und stützte die Ellbogen auf die Kante.
»Hier war er oft.«
»Der Riese?«
»Der Riese.«

Der alte Mann deutete mit einer Kopfbewegung hinter die Theke und senkte die Stimme.
»Als sie ihn holten, dachte ich erst an Maurice. Für eine Zigarette würde er jeden liefern. Auch einen Deserteur. Oder besonders einen Deserteur. Aber Maurice fürchtete sich damals vor allen –«
Maurice klopfte hinter ihnen aufmunternd die Gläser auf die Theke, wartete einen Augenblick und zog sich dann auf einen hohen Hocker hinter der Bar zurück. Sein ölverpappter Scheitel hing über einem Haufen von Münzen, die er zu kleinen Türmen ordnete und aufhäufte.
Das Bistro war leer.
Der kahlköpfige Mann legte seinen Hut hinter sich und starrte hilflos zur Tür.
»Was geschah weiter?«
»Mit wem?«
»Mit dem Riesen?«
»Eben, meine Frau und ich hatten ihn aus dem Nachbarkeller geholt, weil wir dachten, daß sie ihn vergessen hatten. Er war kaum je bei Bewußtsein. Vier Stunden, nachdem wir ihn geholt hatten, erschienen die drei wieder und zwei andere dazu. Vichyleute. Einer der Deutschen, ein Offizier, schien sich auszukennen. Ohne zu grüßen oder zu fragen nannte er den Namen des Riesen. Wir konnten nichts tun. Zwei der Männer holten den Deserteur schließlich aus dem Keller herauf. Der deutsche Offizier starrte die ganze Zeit die Treppe empor; dann fragte er schließlich nach dem Mädchen. Ich sagte, was ich wußte, aber er schien kaum zuzuhören. Damals glaubte ich, daß ich sein Gesicht nie vergessen würde. Er war noch ziemlich jung, mit weißblonden Wimpern und

Augenbrauen und einem fast kahlen Kopf. Eigentlich schien er eher korrekt als schlecht zu sein. Aber man weiß es ja nie genau.«
»Solche Geschichten bekommt man sonst nur bei uns zu hören«, sagte der Mann im Lodenmantel. »In Deutschland. Aber man kennt diese Geschichten eigentlich zur Genüge. Was geschah weiter?«
Er rieb die Knöchel seines Handrückens an den Schneidezähnen hin und her und starrte in die halbblinden Spiegelsplitter unter einer Byrrh-Reklame.
»Sie schleppten oder trugen ihn in den Hof hinaus«, sagte der Concierge.
»Und dann die paar Treppenstufen bis zum Hochparterre im Hinterhaus, wo er gleich wieder absackte und bewegungslos im Geländer hing. Einer band ihm ein Seil um den Hals, das beinahe doppelt so lang war wie die Fallänge; es ging alles sehr rasch. Sie warfen ihn wie eine Vogelscheuche über die Brüstung und schossen hinter ihm her.
Es war alles so sinnlos. Ich meine, die Art, wie sie ihn umbrachten. Sie hätten ihn hängen können oder erschießen oder auch bloß über die Brüstung werfen – alles hätte genügt, aber sie taten so, als biete jede der Todesarten auch eine ganz besondere Chance des Überlebens. Nicht nur des Sterbens, sondern auch des Überlebens. Das war das Grauenvolle. Schließlich war die Brüstung nicht sehr hoch, und das Seil war zu lang, und sie schossen eigentlich, ohne zu zielen. Als er auf dem Asphalt aufklatschte, lebte er sogar noch für einen Augenblick. Aber sie gingen nicht einmal mehr nachschauen, sondern fuhren einfach wieder davon. Natürlich – es waren die letzten Tage. Die Schnellgerichte. Die allerletzten. Drei Tage später tanz-

ten die Leute wie die Besessenen um die einrollenden Panzer...«

Der Mann im Lodenmantel wandte sich von den Spiegelsplittern ab, als hätte er vergeblich versucht, sich darin zu sehen. Er drehte sich mit einem Ruck zur Theke um.

»Es war Krieg«, versetzte der Concierge beiläufig. »Später, nun später trinkt man wieder Apéritifs, und das Grauen bleibt nicht länger in Erinnerung als eben die Toten, und die Toten verblassen sehr rasch.«

»A propos Fine«, sagte der kahlköpfige Mann und grub in den Taschen seines schäbigen Lodenmantels, der eigentlich gar nicht paßte zu dem eleganten Borsalino – »A propos Fine –« Er holte ein Röhrchen Tabletten hervor und schluckte etwas hinunter. »Der Arzt hat mir Alkohol eigentlich verboten. Magen und so.«

Er lachte und sah auf die Uhr.

»Übrigens muß ich gehen. Meine Frau wartet. Was das Zimmer betrifft – nun, ich werde morgen noch einmal vorbeikommen. Eigentlich ist es gar nicht für mich bestimmt, sondern für meine Frau. Sie möchte wieder hier leben. Einige Zeit wenigstens. Ich persönlich kann leider des Geschäftes wegen nicht hierbleiben.«

»Natürlich«, antwortete der Concierge. »Lassen Sie sich ruhig Zeit.«

Der schwere Mann stülpte den Hut auf seinen kahlen Schädel und blieb unschlüssig stehen.

»Ich gebe Ihnen eine Monatsrate, à fonds perdu, wie abgemacht.«

Er nestelte wahllos in seiner Brieftasche und warf ein paar Geldscheine auf die Theke.

»Es ist zuviel«, sagte der alte Mann, ohne genau hinzu-

schauen. »Zählen Sie nach. Es ist viel zuviel. Zwölftausend genügen.«
Die Tür fiel ins Schloß, und die Silhouette des Mannes verblich hinter der Milchglasscheibe.
Der Concierge warf ein paar Münzen auf den Zink.
»Wer war das?« ließ sich Maurice leutselig aus seiner Ecke vernehmen.
»Ein Toter«, murmelte der alte Mann.
Dann ging er zur Tür.
Der Regen perlte auf dem Filz seiner Eisenbahnerjacke.
Einige Schritte weiter drängten sich die Leute aus der letzten Kinovorstellung. Die Vordersten ließen sich von den Nachdrängenden widerwillig hinausschieben; das Licht der Vorhalle drängte sie wie eine dunkle Herde in den Regen.
Andere hatten sich mit hochgeschlagenen Rockkragen an die Wand gepreßt und schienen zu warten.
Tote, sagte der Concierge. Tote. Ein paar Tote sind bestimmt darunter. Sie ziehen aus irgendeiner Finsternis hinein in die Welt, endlose Tage und Nächte, und wieder hinaus in die Finsternis. Einige gingen heute vielleicht ins Kino.
Er beschloß, noch an diesem Abend Orangen vor das Fenster zu legen. Vielleicht –
Man wußte es nie genau.
Seine Pfeife brannte trotz des Regens.
Eigentlich war es gleichgültig, wer lebte oder wer nicht lebte. Er jedenfalls lebte.
Autos zischten vorbei, und es roch nach Flieder.

Dikurrante Bissifil Sifilaufirorum

I

Das kleine Mädchen mit den kirschrunden Augen hielt die Spitzen der Zeigefinger in beide Ohröffnungen, pressend, nachlassend, auf und zu: die Geräusche ähnelten bald dem Brausen von Wind und Wogen, bald dem Geknatter eines Traktors.

Der Lärm war erheblich, und sie unterhielt sich glänzend. Zuweilen gellte die Glocke durch den Hausflur, und die Stimmen senkten sich erregt zu Gemurr und Geflüster. Die Damen fielen in die Stille ein mit tiefen, in die zerknitterten Lilatüchlein gepreßten Seufzern, und sobald draußen die Tür wieder ins Schloß fiel, erhob sich das Gezeter jäh von neuem. Großmutter stand unter der Tür. Mit der unbarmherzigen Miene eines Filmmonsters warf sie ihren Blick in die Runde.

»Decastrias sandte einen Topf«, sagte sie ledern. »Einen Blumentopf. Ich hätte das nie erwartet. Als wir aus den Tropen zurückkehrten, grüßten sie uns zwei Jahre lang nicht. Nun, Zeit mildert.«

Für die Länge eines Flügelschlags bestätigte das allgemeine Schweigen eine Art Zustimmung. Dann begann das Rauschen wieder: in den Falten der Kleider, in den nervös klingenden Colliers, dann aus allen Mündern; es zischte, schnaubte, pfiff mit allen Stimmen. Was gesprochen wurde, war kaum zu verstehen, aber es klang einmalig, heute oder nie, entscheidend…

Malli saß auf dem Drehschemel, spielte mit den Zotteln der Decke, die vom Klavier herunterhing. Zuweilen warf ihr eine der Damen einen Blick zu, traurig, neckisch oder

ernst, und Malli legte die dünnen Kleinmädchenarme zwischen die Knie.
Die meisten waren Verwandte. Tanten, Cousinen, Cousinen der Tanten oder Tanten der Cousinen. Sie saßen aufrecht, Hüfte an Hüfte, Wulst an Wulst: Samt feilte an Seide, und Chintz rieb sich an knisterndem Taft. Nur Tante Lia stand. Sie stand neben ihr, sanft und mit der welken Eleganz einer Chrysantheme, unablässig den Kopf wie eine unentschlossene Waage hin und her neigend. Sie streichelte Mallis braune Zöpfe und starrte in den Horizont einer Heidelandschaft, die über der löwenkopfverzierten Konsole hing.
Malli hob den Deckel des Klaviers, glitt mit den Fingern über die Tasten. Es scherbelte; sie schlug schneller an, mehrere Male: das Geraune und Gezeter erlosch.
Der schwarzseidene Hintern Tante Tallas bewegte sich knisternd.
»Bitte, Malli, bitte.«
Ihre Stimme litt unter verhaltener Entrüstung, und für einen Augenblick zitterte das Räuspern, Seufzen und Schnupfen reich orchestriert durch das Zimmer. Man konnte hinaus auf den Garten sehen, auf die Äste eines Kirschbaumes, dessen Blätter sich silberhell unter der Frühlingsbrise aufbäumten und drehten.
»Mit dem Geld, das er vertrank, hätten wir jahrelang leben können. Jahrzehntelang«, sagte Tante Talla verträumt. Auf ihrem enormen Seidenhintern zeichneten sich unwillige Falten ab. Dann neigte sie sich über die Tischplatte. Die Falten begannen zu lächeln.
»Aber er hat leiden müssen«, sagte sie. »Dauernd Schaum vor dem Mund. Und ein Ächzen zuletzt. Ein Äääächzen.«

»Wie Vater«, sagte Großmutters verwelktes Mündchen, das die beiden Schwestern fixierte – »Genau wie Vater. Als man Gas und Elektrizität bei uns abgestellt hatte, und als es nichts mehr gab als Brot und Käse und Brot, ging Mutter zu Fuß, zu Fuß ging sie auf die Landsparkasse und wollte das letzte Geld abholen, das letzte Geld, und zehn Minuten bevor sie dort ankam fuhr Vater in einer Kalesche vorbei, betrunken, restlos betrunken, und als Mutter an den Schalter ging, hieß es, der Herr Doktor habe die letzte Summe eben abgeholt. Betrunken abgeholt, ich weiß es –«

»Vater trank nicht. Es war die Arterienverkalkung. Nichts anderes. Er begann bei Tisch Plädoyers zu halten, plötzlich, unversehens; er sprach zum Kaffeewärmer, und Mutter redete er als Dienstmädchen an –«

»Betrunken, Schändlich be-trunken.«

»Vater trank so selten! Eigentlich nie! Einzig –«

»Er trank. Ein für allemal. Er trank. Er trank. Er trank, er trank –« Großmutter hieb auf den Tisch. Eine Rose kippte aus der Vase. Ihre Stimme klang, als presse jemand mit Daumen und Zeigefinger ihre Nase zu. »Er trank. Und ich mußte dafür bezahlen. Quand on pense – quand on pense –«

Großmutter sah Tante Andrea an, und diese nickte ihr geübt zu. Andrea war gegen fünfzig. Sie war noch immer gut gebaut, nur ihre Hände waren von einer Unförmigkeit, die alle Verehrer abgeschreckt hatte. Malli betrachtete die Handschuhe; sie sahen aus, als hätte man Andrea spaßeshalber schwarzen Verbandstoff um die Finger gewickelt.

Ihr Augenblick war gekommen.

»Alles Unglück der Welt –« Andrea verstummte, als

drehe jemand einen unsichtbaren Schalter. Die Verheirateten hatten zu lächeln begonnen.
Im Korridor schrillte die Glocke.
Großmutter erhob sich. Würdig und ihrer Wirkung bewußt, ging sie zur Tür und wandte sich noch einmal um.
»Alkoholismus«, sagte sie fest. »Alkoholismus. Gift des Familienlebens. Alkoholismus.«
Es klang wie ein Befehl.
»Alkoholismus, Al-ko-hol-is-mus«, summte Malli. Sie versuchte ihre Nase in einem Messingbeschlag zu spiegeln und knüpfte die Zotteln der Klavierdecke zusammen. Dann hielt sie sich mit beiden Händen fest an der runden Scheibe des Drehstuhls, warf den Körper zur Seite und wirbelte herum. Das Schwarz der Röcke, die Blumen auf dem Tisch und die braunen Möbel wurden fleckig und scheckig und geisterten in einem wilden Riß an ihrem Karussell vorbei.
Sie stoppte. Tante Tallas schwarzer Hintern war Signal und Stopzeichen.
Tante Bily hatte sich erhoben. Hilflos und luftkauend bewegte sie den Unterkiefer, der ihr seit einem Schlaganfall nicht mehr gehorchen wollte. Sie setzte sich, als sei sie bloß zum Appell aufgerufen worden. Ein Dutzend mitleidig-kühler Damenaugen guckten auf ihre untere Gesichtshälfte.
Malli dachte an den Garten. Sie wäre gerne hinausgegangen, aber man hatte es verboten. Hinter den Johannisbeersträuchern gab es den wimmelnden, knisternden Ameisenhaufen, an dem sie stundenlang saß, ein Butterbrot in der linken Hand, während sie mit der andern die noch harten, grünen Beeren in das Gewimmel warf. Zu-

weilen gelang es den Ameisen, eine Beere fortzuschaffen, und Malli ließ zur Belohnung eine Fingerspitze Butter auf den Ameisenhaufen fallen. Sie mochte Butter, und sie war überzeugt, daß Ameisen Butter mochten...

»Ein Butterbrot«, sagte Malli laut. »Ein Butterbrot möcht ich.«

Talla schüttelte den Kopf.

»Das Kind soll sich an regelmäßige Mahlzeiten gewöhnen. Von Erziehung hat man in dieser Familie ohnehin keine Ahnung.«

Bily schnaubte und sog pfeifend die Luft ein.

»Wer hat nach dem Tode...« begann Bily.

Die Damen fielen alle wieder in den Chor ein. Nur Tallas Stimme trompetete stärker.

»Wer? Wer? – fragst *du*. Du! Ich, ich habe immer gesagt – hier stand ich, als ich es sagte, hier, und du standest dort, gerade dort, und du sagtest – das Kind, Kind sagtest du...«

«Ich habe nie gesagt: das Kind, ich sagte –«

Tallas Worte flogen wie Granitsteine.

»Du sagtest: das Kind.«

Bily hatte ihre Sprache wiedergefunden. Der Mund war schräg wie ein Dachgiebel. Aber er sprach.

»Nie. Nie. Nie habe ich das gesagt.«

Die Stimmen jaulten nun. Die Damen erhoben sich halbwegs von ihren Stühlen und beugten sich in Startstellung, die Füße scharrten und schoben, Zungen klapperten wie ausgediente Automotoren. Unter dem Tisch schien einem Pneu die Luft auszugehen. Man vernahm Gewehrschüsse von einer entfernten Front, und der Aufschrei einer Tante klang wie Angriffsgebelfer der Tataren. Ein Arm fuhr in die Luft, blitzend, platingespickt: Tante Fre,

die Freundin Tante Bilys, erhob sich.
»Bitte«, sagte sie majestätisch. »Bitte! Der Tote! Ich gehöre ja nicht zur Familie, aber so etwas hat Bily nie gesagt. Nie!«
Bilys Unterkiefer zitterte, sie hob die Lefzen, und das Zittern ging auf die schlaffweißen Wangen über. »In diesem Hause wird nur gelogen«, babbelte sie. »Nur. Geh nie zu deiner Familie, falls mir etwas passieren sollte, sagte Erwin immer. Geh nie! Du wirst nur Schlechtes ernten.«
»Wer Wind sät, erntet Sturm«, ließ sich Andrea vernehmen und schwenkte mit unheilvoller Gebärde die schwarzverbundenen Hände. Bily überhörte sie. »Wenn *er* noch hier wäre. Jetzt in diesem Augenblick der Demütigung, der Erniedrigung –« Ihre Stimme fuhr steil empor.
»Der Tote«, wiederholte Tante Fre mahnend. »Der Tote.«
»Wenn *er* jetzt hier wäre!« sagte Bily.
Malli hatte viel von Tante Bilys Gatten gehört. Er war vor drei Jahren gestorben. Als Offizier war er eine Respektsperson für die Familie geblieben, und seit der Lektüre Swedenborgs hegte Bily die feste Überzeugung, ihr Gatte sei inzwischen zum General avanciert und werde sie in seiner neuen Villa gebührend empfangen.
Malli schlenkerte die Füße. Sie warf die kurzen, schweren Zöpfe im Takt um ihr Gesicht und zog für einen Augenblick die Aufmerksamkeit der Damen auf sich. Die Tür öffnete sich. Malli erwartete Onkel Erwin in Uniform, mit leuchtenden Knöpfen und glitzernden Epauletten. Es war Großmutter.
»Gormanns sandten einen Kranz. Ich hätte das nie ge-

dacht. Ich mußte dem Jungen ein Trinkgeld geben.«
Tante Chresta begann sich zu räuspern.
Malli horchte auf, räkelte sich und kratzte an der wollbestrumpften Wade. Tante Chresta schürzte nach jedem Satz die Lippen mit einem Laut, der wie das Tropfen eines defekten Wasserhahns klang.
»Das Kind war falsch placiert«, sagte sie. »Aber nun ist Georg tot und –«
»Scheißverdammtedrecksweiber«, sagte Malli.
Tante Chresta starrte sie bebend an und sank zurück ins Schweigen.
»Georg sagte das immer«, erklärte Malli. Die Damen sahen nachdenklich um sich.
»Georg ist nun tot und –« begann Großmutter.
»Schschsch –«
Alle wiesen mit Kinn und Nase auf das kleine Mädchen.
»Aber nun ist Georg, ist Papa –« Großmutter lächelte Malli zu, und Malli lächelte zurück: Großmutters Lächeln erstarb wieder.
»Nun ist Papa im Himmelchen, und wir müssen dich an einen richtigen, einen feinen, guten Ort bringen.«
»An einen feinen Ort!« Talla rang um das Tischzepter. Malli betrachtete wiederum ihren Hintern, der vor Gerechtigkeit über die Stuhlkanten hinausquoll. »Du warst es, du, die dieses Kind seinem notorisch alkoholischen Vater überließ...«
»Georg begann erst zu trinken, als –«
»Nein. Schon vorher. Er trank immer. Immer trank er. Schon als Student.«
»Bei allem... bei allem, was mir heilig und ehrenhaft...«

»Du mit deinem Georg!«
Einige der Damen begannen zu lächeln und zupften an ihren Ausschnitten.
Malli kicherte angesteckt. Sie schloß die Augen in Chinesenfältchen und schob das Kinn vor. Die Damen ordneten die Gesichter wieder zum Erwachsenenernst.
Großmutter faltete die Arme und schloß die Augen. Sie öffnete sie erst wieder, als Malli zu niesen begann. Es roch nach Moschus, Katzenpisse und süßlichen Bonbons.
Malli drehte sich auf dem runden Schemel zweimal wirbelnd um die eigene Achse. Tallas enormer Hintern starrte sie an. Etwas knirschte, wenn er sich bewegte. Es klang nach Pferd, Leder, Seilen...

2

»Meine Freundin.« So pflegte Georg sie vorzustellen. »Meine Freundin.« Und Malli tat einen Knicks. Sie nannte ihn nie Papa, oder nur, wenn sie alleine waren. Sonst war er Georg. Er konnte auch böse werden; selten, etwa wenn man ihn morgens in der Frühe weckte, und meist waren es bloß die Verwandten, die in der Früh kamen. »Um zu schnüffeln«, sagte Georg und brüllte wie ein geneckter Bengal-Tiger. »Mist, Merde – wieder einer der Vettern oder eine der Vetteln.« Diese standen mit komisch verdrehten Hälsen unten vor der Haustür, schüttelten sich wie große Vögel und gingen. Das Haus hatte eine ansehnliche Fassade; aber drinnen roch es nach armen Leuten, die böse und selten grüßend die Köpfe aus den Fenstern streckten. Abends lehnten sie auf Simskissen und beobachteten den Straßenverkehr. Georg war niemals ohne Geld. Nie. Manchmal erschien er mit ungeheuren Paketen, mit Tüten und Taschen, vollgepfropft und beladen, und pfiff einen grellen Hundepfiff vor dem Fenster. Dann raste er mit Gebrüll und Getöse die Treppe hinauf. Es war Sonnabend, und die ›Frau‹ war da, mit gurkensauerem Gesicht, ständig rauchend. Aber sie kochte gut und war sehr nett. »Die ›Frau‹ hat drei Männer hinter sich gebracht«, sagte Georg, »drei Männer! Der vierte machte *sie* fertig. Früher oder später kommt jeder an die Reihe.« Während die ›Frau‹ kochte, begann Georg in seinem Arbeitszimmer zu trinken, las oder hörte sich einen Radiovortrag an, wobei er zu jedem Satz Witze riß oder Lachen ausstieß. Der Tisch war vollbeladen. Er prunkte in allen Gemüse- und Fleischfarben. »Man kann auch einfach und doch billig leben«, sagte Georg. Die ›Frau‹ seufzte, begann abzuräumen, murmelte etwas von »Zeichnen«, »Arbeiten«, »Übersetzen« –: Georg kannte alle Sprachen. Alle. Manchmal malte er. Im Winter zertrümmerte er die Bilder wieder und warf Leinwand und Rahmenstücke in den Ofen. Zuweilen, wenn er guter Laune war, trug er nach dem Essen in vollster Ruhe und als gehe er nur rasch »hinaus«, Tellertürme und Gläserpyramiden in den Keller, und Malli brachte das, was ihr die ›Frau‹ nicht mehr entreißen konnte, nach: die Suppenschüssel oder den steinernen Krug, in dem noch Schnaps auf und ab schwappte. In der Kohlenecke schmetterte Georg das Geschirr an die Wand. Es klirrte und toste, Scherben flitzten, Schüsseln brachen schwerfällig an der Mauer zusammen. Oben stand die ›Frau‹ und grölte entsetzt in den Keller hinunter: »Georg, das Geschirr, das Geschirr!« In den letzten

Wochen war plötzlich alles anders geworden. Malli mußte ihn mit »Vater« anreden, und es klang jedesmal wie ein feierliches Zeremoniell, das seine gebückte Haltung wie mit einer Verneigung ankündigte...

3

»Und nun, da Papa von uns gegangen ist, müssen wir uns nach einem neuen Platz für dich umsehen, bei mir oder bei Tante Talla oder in einem Heim, wo lustige, fröhliche, wohlerzogene Kinder beieinander sind.«
Malli gab einen Ruck, und der Drehstuhl sauste herum. Tallas Rückenende knirschte.
»Das Kind hat wirklich Umgang nötig. Erziehung.« Malli drehte sich um. Tante Lia sah noch immer in die Ferne der Heidelandschaft über der Konsole. Sie war asthmatisch, und die Worte kamen nur leise aus ihr.
»Mein liebes Mädchen«, hauchte sie. »Dein Papa war sehr krank. Aber er war schon als Kind der Begabteste und Liebenswürdigste.«
Die Tischrunde schwieg unwillig.
»Papa wird nun an einen Ort gebracht, wo schon viele von uns liegen. Onkel Erwin, Großpapa, Onkel Angolf, Onkel Uors, das Plätzchen ist nur für uns, nur für unsere Familie.«
Malli kannte den Ort. Es war der »Familienachtplätzer«, von dem Georg manchmal sprach. Der Achtplätzer mit dem unförmigen Quader dahinter, mit den Goldinschriften und dem Moosbelag. Sie war zweimal dort gewesen, mit Georg, der »Na« sagte und neugierig die Inschriften auf andern Felsblöcken musterte. »Geboren

den –, gestorben am –«, sagte er. »Und dazwischen?« Am Teich (still und blumig) warfen sie Kiesel ins Wasser und guckten sich um, ob ein Gärtner erschien. Später gingen sie essen. »Man ißt immer gut in der Nähe von Friedhöfen«, sagte Georg.
Ja, Georg war anders geworden in den letzten Wochen. Griesgrämig und grau schlich er umher und schien bloß auf die ›Frau‹ zu warten, damit er sie anbrüllen konnte. Sie kochte nun mampfigen Haferbrei oder Milchreis.
In Georgs Zimmer war es still. Immer seltener kam er in die Küche, wo Malli mit der ›Frau‹ saß, und er ging auch kaum mehr auf die Straße; meist erschien er nur noch kurz während der Mittagszeit und verlangte flüsternd nach der Kreuzworträtselzeitung. Er war mager geworden, bleich und wackelig. »Er spinnt«, sagte die ›Frau‹. »Dein Papa spinnt. So viel Sauberkeit ist doch unnötig.« Georg begann Handschuhe überzustreifen, bevor er zur Toilette ging. Seine Hosenstöße waren mit Schnüren zugebunden, und über Hemdkragen und Hals trug er handbreite Heftpflaster. »Damit kein Staub reinkommt«, sagte die ›Frau‹.
Später kam die ›Frau‹ jeden Morgen, nicht nur am Wochenende. Sie mußte heißes Wasser in sein Zimmer bringen und das Becken oder die Kanne mit einem frischen Handtuch umwickeln. »Auch Hygiene kann zu weit getrieben werden«, klagte sie. »So viel Bazillen sind bestimmt nicht in der Luft.« Georg benachrichtigte nun die ›Frau‹ mit Zetteln, die er unter der Tür durchschob. »Verkehr täte ihm gut«, klagte die ›Frau‹. »Verkehr. Umgang.«
Malli sah ihn noch ein einziges Mal. Er stand im Korridor, ein Stück Gaze vor seinem Gesicht, eingemummt

wie eine Puppe. »Bitte keine Zeitungen«, murmelte er. »Auf keinen Fall. Zeitungen sind die gefährlichsten Krankheitsübermittler.« Er aß nichts mehr. Einmal verlangte er eine Schnur, die in heißem Wasser gekocht sein müsse, um sich die Hosenbeine zuzuschnüren, außerdem eine desinfizierte Schere. Er wollte sich die Haare abschneiden, »da sich in den Haaren zu viele Krankheitskeime einnisten.«
Am gleichen Morgen, an dem er eine chemisch gereinigte Bibel verlangt hatte, erschienen zwei weißgekleidete Männer. Sie sprachen sehr leise und schickten die Hausbewohner, die raunend auf den Treppenstufen standen, wieder in ihre Wohnungen. Die beiden weißgekleideten Männer besprachen sich wispernd und brachen mit amtlicher Diskretion die Tür auf...

4

»Er weigerte sich strikt, eine Lebensstelle anzunehmen«, sagte Tante Fre. »Das war sein Unglück. Weiß der Himmel, woher er das viele Geld hatte.«
Die Damen nickten choreographisch; die Kinnladen gingen auf und nieder.
Die Taxis waren auf drei Uhr bestellt. Es schrillte.
»Nun«, ließ sich Großmutter vernehmen, »das Weitere besprechen wir nach der Beisetzung«, und mit gefrorenem Blick auf Tante Fre: »Im engsten Kreis der Trauerfamilie.«
Alles erhob sich: die Tanten und Cousinen, die Cousinen der Tanten und die Tanten der Cousinen. Sie murmelten.

Lauer Blumengeruch kroch ins Zimmer. Draußen lagen die Kränze und Blumensträuße, die goldbezifferten Schleifen lesbar ausgebreitet. Die drei Chauffeure trugen die Kränze hinaus; die Damen folgten ihnen, hie und da an einer papierenen Rose zupfend. Eine hinter der andern stieg der feierliche Zug in die drei Automobile. Ächzend, schiebend, stoßend und pressend drängten sie sich in die Polster. Großmutter beschloß die dunkle Schlange: sie trug die Urne.

Malli hatte sich neben den Fahrer gesetzt: ein fetter, schwitzender Mann, dem dauernd der Kragen aufsprang.

»Zum Kannenfuchsfriedhof, nicht wahr?«

»Jawohl«, antwortete Großmutter, den Blick auf den steinernen Topf gerichtet. »Jawohl.«

Dann hob sie den Kopf:

»Fahren Sie nicht zu rasch, aber auch nicht zu langsam. Der Prediger wartet.«

Der Wagen fuhr gemächlich; später – dem Tempo der andern folgend – etwas schneller; es ging durch enge Gassen, dann wieder durch breite, belebte Straßen der Innenstadt.

Einige Leute hatten den Schirm aufgespannt, und vorübereilende Mädchen hielten die vom Wind aufgeplusterten Röcke nieder. Aber es war Frühling, und sie schienen fröhlich. Malli preßte ihr Gesicht an die Scheibe. Passanten winkten mit der Hand, und sie winkte zurück. Großmutters Zeigefinger stach mahnend zwischen ihre Schulterblätter. Die Leute winkten wieder. Einige blieben stehen und lachten; dann blieben noch weitere stehen und lachten oder gestikulierten mit den Armen.

»Duheiligesmenschseinnocheinmal«, sagte der Chauffeur. Er stoppte scharf und fuhr zum Rinnstein. Sein Gesicht war rot wie der Winker; er zog die Mütze ins Gesicht und sprang hinaus.
Großmutter und Tante Andrea waren nach vorne gekippt und versuchten, die heruntergerutschten Hüte zu befestigen. Zwei Männer kamen mit Kränzen gerannt, bemühten sich, Haltung und Ernst zu bewahren, und halfen dem Fahrer, der die Kränze wieder auf dem Verdeckgitter befestigte.
Sie fuhren weiter.
Einmal lachte der Fahrer verlegen und fuhr mit dem Taschentuch über das Gesicht.
»Die Leute hieltens wohl für eine Art Reklame, Duheiligesmenschseinnocheinmal«, sagte er.
Die beiden Damen schwiegen und sahen geradeaus. Schließlich erreichten sie ein Torgewölbe mit Efeuvorhang. Ein Uniformierter trat ans Fenster.
»Erster Seitenweg links, und dann noch etwa fünfzig Meter«, sprach er dezent.

5

Die andern Damen standen bereits dort. Malli war zwischen knisternde Röcke eingekeilt und sah zum Grab; Kränze, Sträuße und Blumentöpfe waren in leuchtenden Farben über den Achtplätzer verteilt. Der Geistliche stand etwas abseits und wartete auf ein geheimes Zeichen. Die drei Fahrer traten auf Zehenspitzen an das Grab, legten die letzten Kränze nieder und verschwanden diskret.

Malli betrachtete den Geistlichen. Er hielt ein schwarzes Buch in den Händen und drehte sich immer wieder zu einem kleinen, silbernen Kübel um, in dem eine Art Schöpflöffel stand. Er räusperte sich und trat in den Halbkreis.
Man hörte das Anschwellen der Brise, schwärzliche Buchenblätter des Vorjahres wurden aufgewirbelt, und die Kränze raschelten wie Papierkörbe. Gräser wurden mit sanfter Gewalt niedergedrückt, und die Röcke der Damen bliesen sich zu Krinolinen auf.
»Wir, die wir hier –«
Ein Donnerschlag, der sich durch hundert Blechfässer fortzupflanzen schien, schreckte die Trauernden auf. In den Wipfeln der Pappeln sauste es wie Jahrmarktspfeifen. Malli hielt sich mit beiden Händen an Rockfalten.
»Mein Gott«, sagte Tante Andrea. »Mein Gott.«
Die Damen guckten, als hätte jemand geflucht.
Der Geistliche sah beruhigend in die Runde und senkte den Kopf. Er sprach ein Gebet, aber die Winde rissen ihm die Worte von den Lippen und schickten sie ins Ungehörte. Er versuchte das Buch aufzuschlagen: die Luft riß an allen Blättern, wirbelte in den Seiten herum, pfiff quer durch die Sträucher des Friedhofs und kam in Sekundenschnelle wieder zurück, belästigte die Kränze und hob die Hüte der Damen in die Höhe: Ihre Hände schnellten empor. Der nächste Windstoß nestelte mit tausend Fingerchen in den Frisuren, warf Strähne über Strähne, entblätterte die Röcke, wickelte Großmutters Schal jählings um ihr Kinn. Von irgendwo kam ein Zeitungsblatt gesaust, gewellt und zugleich steif wie ein Teppich aus Tausendundeinenacht, fiel ausgebreitet auf die Kränze und hing im nächsten Augenblick im Gesicht des Geistlichen.

Er versuchte es abzuschütteln und steckte es schließlich zusammengeknüllt in die Tasche. Er sprach. Man konnte Namen von seinen Lippen ablesen, Beschreibungen, die seine gestikulierende Linke untermalte. Er bückte sich, griff nach dem Schöpflöffel im silbernen Kübel, reichte ihn Tante Talla, die ihn wassertriefend übernahm, sich dann bückte und mit der andern Hand eine Rose abzuknipsen versuchte, unbeholfen und soweit ihr dicker Hintern es erlaubte.

In der Luft krachte es von neuem, noch ungeheurer diesmal. Der Luftstoß wirkte wie ein Schrapnell: das schwarze Buch flog aus den Händen, Seide riß, schwarze Damenhüte stiegen steil empor, und man hörte den vom Wind gedämpften Schrei Tallas. Sie lag zappelnd in den Kränzen und zerdrückte die Rosen. Der Geistliche und Tante Andrea hoben sie wieder auf die Füße, und alle drei versuchten sofort, sich wieder würdig zu präsentieren.

Aber alles war in Auflösung: die Kränze, die Blumen, die Röcke, die Blusen, die Träger und Gürtel, die Frisuren. Man rief und schrie, und als Stille eintrat, da der Wind verschnaufte, erschien ein Friedhofsarbeiter, der unauffällig hinter dem Stein gewartet hatte. Er griff mit einer langen, rostigen Zange nach der Urne. Es war ein alter Mann, er stolperte, als der Luftstoß heranbrüllte. Das Tongefäß zerschellte an den Graniteinfriedungen: weißlicher Staub und Asche wirbelten auf und wurden vom Wasser einer zerberstenden Wolke niedergedrückt. Regentropfen prasselten auf Gesichter und Busenausschnitte, Tuchstücke schlabberten um die Beine, und die Haare troffen wie Meertang. Die Damen rasten als Schafherde davon, dicht, Leib auf Leib, schwer, keu-

chend. Sie blieben wieder stehen, beschlossen, durchzuhalten, und kehrten zurück.
Malli saß auf dem Kies und glättete mit klebrigen Fingern die Seiten des schwarzen Buches. Die Luft bellte, jaulte und riß Töne aus allen Winkeln. Malli war begeistert. Für einen Augenblick glaubte sie, Georg am Teich zu sehen: sein graues Haar und das bubenbraune Gesicht, das zu ihr hinüberlachte. Sie sprang auf, wischte das Regenwasser vom Gesicht, jauchzte... »Georg! Pappi! Georg!«
Eine knöcherne Tantenhand hielt sie fest. Malli begann zu kichern, dann zu lachen, und wieder hielt ihr jemand die Hand vor den Mund. Sie weinte und verharrte still auf dem Boden.
In diesem Augenblick begann es. Hagelstücke wuchsen in der Ferne, vergrößerten sich wie im Blickfeld eines Mikroskops und rasten faustgroß heran, horizontal, knallten Büsche und Damen nieder, rissen sie mit bellendem Windgeheul in die Höhe, zerfetzten die Kleider, patschten und klatschten auf nacktes Fleisch. Tante Tallas enormer Hintern wurde wie ein Stück kaltes Kuhfleisch gegen einen Pappelstamm geknallt, Großmutters Wachsgesicht wellte, erstarrte, brach von den Schultern, schoß als Teller dahin und zersplitterte wie Kistenholz an einer Buche; der Windstoß sammelte sich unsichtbar vor Tante Chrestas offenem Mund, fuhr wie ein Dschin in ihren Rachen, blies sie auf, als bestünde sie bloß aus Gummi und Haut, voller, immer voller. Dann platzte sie. Tante Andrea kämpfte schreiend. Sie versuchte ihre Wäsche heraufzuziehen, verwickelte ihre schweren Hände, und der Windstoß fetzte die Unterkleider wieder herunter, spreizte ihre Beine, teilte sie schließlich, und beide

Hälften rasten in entgegengesetzten Richtungen über den Friedhof.
Dann griff der Wind noch einmal herab und drehte sich als übermächtiger Korkenzieher in Tante Fres Haar. Sie flitzte pfeilgerad in die Höhe, wurde losgelassen und plumpste aus Tannenhöhe nieder, während Tante Bily wie eine steife Säule umkippte und ihren sabbernden Unterkiefer verlor, der wie ein winziger Rechen den Kiesbelag aufriß... Der Rest war ein Geknäuel von Fett, Fleisch und fahlen Fetzen.
Jemand gab ihr einen harten Klaps auf den Mund. Malli jauchzte, trat auf Schleppen, die der Wind vor ihr herzog, gleitend, fliegend –
Der Klaps wiederholte sich.
»Dikurrantebissifil, sifilaufirorum«, sang sie hüpfend und girrend. »Dikurrantebissifil, sifilaufirorum, dikurrantebissifil, sifilaufirorum.«

Ein Rapport. Nachts

Vielleicht war die Reise sinnlos. Nun bin ich den Strand entlangspaziert. Algen, die das Meer zurückgelassen hat, schlampig, violett, verbreiten den Geruch von Jod; gallertige Quallen liegen umher. Zwischen den zwei gesprengten Bunkern, die als leere Augenhöhlen über den Atlantik starren und als Camping-Unterschlupf dienen – zwischen diesen beiden Bunkern zählte ich nicht weniger als dreiundzwanzig tote Quallen. Ich folgte den Dünen eine Weile, verließ den Sand und folgte dann der Anhöhe mit den gelblichen Seegrasbüscheln.

Die Saison ist vor einer Woche zu Ende gegangen. Türen und Fensterläden der quadratischen Ferienhäuser sind verriegelt, und die Salzluft nagt an der Ölfarbe. Am meisten deprimieren die plombierten Briefkästen. Die Post wird nicht mehr abgeholt.

Roter Klinkersteinboden, Stühle aus hellem Holz, Wachsüberzüge in allen Ostereierschattierungen, eine defekte Dusche, ein trostloses Bidet. Die Wohnung ist nicht billig, obwohl die Badesaison zu Ende ist.

Ich schaue aus dem Fenster. Eines der hölzernen Badehäuschen neigt sich bedenklich zur Seite; das Meer ist regenmantelgrau, mit spritzenden Schaumkronen. Die Ile d'Yeu ist als dünner Strich am Horizont zu erkennen; Marschall Pétain verbrachte dort seine letzten Jahre in der Verbannung; seine Villa mit dem wildwachsenden Park ist auf Postkarten zu erwerben. Mit einem wackelnden Bus gelangt man zur andern Küste der kleinen Insel. Heideartige Ebenen; Fischfang ist Hauptberuf. Über einem zerklüfteten Felsvorsprung gähnt die Ruine des

Schlosses von Gilles de Rais. Gilles de Rais war der Vertraute Jeanne d'Arcs, ein Ritter in schwarzer Rüstung, bleichem Gesicht, vor dessen Gesicht im Nachtwind ein Fetzen weißer Seide zitterte. Jemand schrieb, daß er Kinder gemordet hatte, um sich an der Unschuld zu rächen, die die Welt dem Mädchenengel Jeanne nicht zugestanden hatte. Ein anderer glaubte, er habe Gott von der Welt erlösen und befreien wollen. Gilles de Rais wurde gefoltert und verbrannt. Es heißt, daß er zuvor noch zu den Müttern und Vätern sprach...

19 Uhr 30 ungefähr. Zufall gibt es nicht. Ein Plan existiert. Wir bekommen ihn niemals zu sehen. Wer diesen Plan verletzt, dem wird sein Ureigenstes genommen, ein Kind vielleicht, ein Traum, was immer. Kind ist alles, was das Ureigenste ist.
Zwischen einem Atemzug und einer zum Mund erhobenen Gabel mit weißen Bohnen zu schluchzen – das grenzt an eine Parodie, in der sich Tomatensauce und Homer oder sonst welche Griechen tränenreich vermischen. Sandkörner auch. Der Sand dringt überall herein. Im Treppenhaus knistert er nachts unter Zeitungsblättern, die der Wind hin- und herschiebt. Es klang wie schlurfende Schritte. Ich glaube an etwas Höheres im Sinne von Parapsychologie und Okkultismus, wie jedermann wohl; ich habe die Zeit, da ich mich ernsthaft damit beschäftigen will, auf müßigere Zukunft verschoben. Das Höhere als Eingemachtes, ich weiß...
Man müßte mich sehen: ich bin kurz gebaut, massiv; zu Beginn der Liebschaft und der Ehe – wir heirateten bald – nannte mich meine Frau Urs, des bärenhaften Ganges und der patschenden, erfrorenen Füße wegen. Auch die

Art der Umarmung war mitgemeint. Immerhin, Angelas ständige, fast müßte man sagen: inständige Nierengeschichten milderten im Lauf der Jahre diese bärenhaften Umarmungen. Entsprossen ist dieser Ehe ein Sohn, Ralf. Ralf wurde zwölf Jahre alt, zwei Monate, drei Wochen und vier Tage. Der Tod erfolgte um fünf Uhr nachmittags, abrupt, wie man mit einem Spazierstock eine brennende Glühbirne zertrümmert. Angela, meine Frau eben, schlief nach stundenlangem Wimmern und einer ständig wiederholten Dosis Schlaftabletten ein und fuhr in der Früh in die Stadt, um sich ein schwarzes Kleid schneidern zu lassen. Ich selber ging, obwohl ich mich abgemeldet hatte, um elf ins Büro, überflog die Korrespondenz; eine halbe Stunde später verspürte ich Lust auf Kalbsnierenbraten. Dann fuhr ich wieder nach Hause. Ich bin Direktor einer mittleren Tuchfabrik; in den letzten Jahren war es hauptsächlich eine Firma für Sonnen- und Gartenschirme, mit der wir zusammenarbeiteten. Im hügeligen städtischen Vorquartier, das ich – das *wir* bewohnen, stehen die Häuser höherer Beamter und auch erfolgreicher Unternehmer. Fast alle sehen aus, als hätte man sie in einem Anflug von Bescheidenheit in einer Architektonik geschaffen, die Schrebergärtenhäuschen in die Dimensionen von Villen hypertrophiert; eiserne Gitterchen, Butzenscheibchen, Goldfischbassins. An Bonzentum erinnert wenig; bloß die Sportwagen der heranwachsenden Jugend aus der Nachbarschaft beweisen, daß sich in der neuen Generation das erste Bewußtsein von Wohlhabenheit durchgesetzt hat.

21 Uhr. Ich habe die Teller gewaschen.
An jenem Morgen, vor zwei Wochen, gingen Leute aus

und ein. Ein paar Schüler kamen, die ein Erinnerungsheft oder -büchlein an Ralf zusammenstellen wollten, mit persönlichen Beiträgen, Erinnerungen, Gedichten auch. Die meisten waren hager und aufgeschossen; einer verfing sich mit einer brüsken Bewegung in den Maschen eines gehäkelten Tischaufsatzes und riß den Messingleuchter herab. Die Beiträge sollten sogar gedruckt werden; einer der Väter, ein Druckereibesitzer, hatte sich kostenlos dazu bereit erklärt. Die langen Kinder standen verwirrt und verlegen um Angela herum; sie selbst saß gekrümmt in einem Fauteuil, ein Photoalbum auf den Knien, und brach von Zeit zu Zeit in Tränen aus. »Dies hier ist das beste Bild, als er drei Jahre alt war. Nein, dies hier ist besser! Seine Haare waren heller als auf dem Bild. Die Frau, die ihn in den Armen hält, ist eine Cousine meines Mannes, sie lebt in Ankara, ihr Mann ist Ingenieur. Vielleicht könnte man ihren Kopf wegretuschieren, nicht wahr?« Die Halbwüchsigen nickten. »Hier. Das ist ein halbes Jahr später, in Arosa. Damals trug ich das Haar viel kürzer...« Sie lachte. »Ihm gefiel es viel besser. ›Mutti, es steht dir fabelhaft, wenns kurz ist‹, sagte er damals. Er war immer sehr kritisch.«
Sie begann wieder zu weinen, und ich schob die verlegenen Schüler schulterklopfend aus dem Zimmer.
In dieser Nacht zerriß ich das Gästebuch, verbrannte im Kamin Ralfs Schulzeugnisse und meine eigenen. Ohne Grund. Ich setzte mich vor sein kleines Pult und löschte das Licht. Im Türrahmen der Terrassen erblickte ich Nachbarn. Sie starrten schweigend in die Sommernacht. Später waren es Mücken, von denen sie wachgehalten wurden.
Eine der Schubladen in Ralfs Schreibtisch war für Angela

reserviert; ich wußte das nicht. Nach einigem Suchen fand ich den passenden Schlüssel. Zwei Hefte mit Pensionatsaufzeichnungen, Briefe, die ich geschrieben hatte, Liebesbriefe, und vier oder fünf Briefe mit einer Handschrift, die ich nicht kannte, dem Datum nach keine sechs Monate alt. Ich las sie, so merkwürdig das sein mag: vor dem Schreibpult seines Sohnes zu sitzen und die Liebesbriefe an die eigene Frau zu lesen...

Nun ist es zehn Uhr.

Die Brandung des Atlantik hört sich genauso an wie eine Brandung im Film. Rauschend. Dumpf. Untermalend und leer.

Auf dem Koffer liegt noch immer der andere Brief, den ich zuerst aufgerissen und ungelesen eingesteckt habe.

Draußen war der Nachtwind. Bis St. Jean-de-Monts sind es zwanzig Minuten zu Fuß; ich habe den Wagen hinter dem Haus parkiert, Naben und Ritzen sind vom Sand verstopft.

An einem Tisch bei der Theke hockte eine Handvoll Fischer. Ich denke, es waren Fischer. Aus den braungegerbten Gesichtern ließ sich so etwas wie Charakter ablesen. Man ist ja immer versucht, in einer fremden Umgebung die markantesten Köpfe mit dem Beruf zu identifizieren, der im Baedeker erwähnt wird. Die übrigen Tische waren leer. Außer einem, vor dem ein Mädchen auf einem Stuhl herumlungerte und -kniete; ein zerrissener Segeltuchschuh war von ihrem Fuß geglitten. Eigentlich sah man bloß ihr Hinterteil, das sich über die Tischkante bog. Der Stoff der Blue Jeans schien eine besonders enggenähte Naht zu enthalten, die Einbuchtung in der Mitte betonte die gespaltene Rundung. Sie guckte zurück, gleichsam an ihrem Hinterteil vorbei, und fummelte an einer irritierend mächtigen Hornbrille herum. Sie wandte sich wieder zu der Katze, die vor ihr auf dem Tisch saß und teilnahmslos die Pfoten leckte. Ich bestellte eine Flasche Wein. Die Kneipe, das Bistro, war nicht das, was wir gemütlich zu nennen pflegen, charakteristisch vielmehr, ja, charakteristisch. Knallig signierte Gemälde eines Sonntagsmalers hingen an den Wänden: Dampfschiffe, Segelschiffe, Fischerkutter. Die Preise – Touristenpreise – waren mit Stecknadeln an die rechte Rahmenecke geheftet, vergilbt. Kitsch.

»Sie sind nicht von hier, nicht wahr?« Das Mädchen sprach deutsch.

»Nein.«

»Ich dachte es.«

»So.«

»Mhm. Papa trägt auch silbergraue Hosen und läßt in den Ferien den Hemdkragen offen. Er hält das für sportlich, aber man hat dauernd den Eindruck, er wolle sich rasieren –«

»Ihr Herr Vater ist –«

»Schweizer«, antwortete sie, »chemisch.«

»Chemisch?«

»Pharmazeutisch.«

»Achso.«

Sie stieß mit einer raschen Bewegung ihre Brille auf die Nasenwurzel zurück; der braungebrannte Hals hob sich mit aufreizender Gesundheit vom Hellrosa des Bubenhemds ab. Dann kam sie zu mir geschlendert.

»Hawaii«, erklärte sie, meinem Blick folgend. »Und Sie?«

»Ich? Tuch. Stoffe.« Ich gestehe, daß ich in diesem Augenblick die Krawatte vermißte, Indiz einer minimalen

Würde. Dann faßte ich mich.
»Gehören Sie zur Speisekarte?«
»Wieso?«
»Demnächst fallen Sie in mein Glas.«
»Tschuldigung.« Das Mädchen pflatschte von der Tischkante zurück und stützte die Ellbogen auf. Sie war nicht besonders hübsch. Das Beste waren die schrägen, klugen und auch ein wenig verschlagenen Augen; neunzehn, vielleicht achtzehn Jahre. Sie guckte wieder gelangweilt an ihrem Hinterteil vorbei, diesmal in der entgegengesetzten Richtung, und horchte zum Fischertisch hin.
»Sind Sie hier in den Ferien?«
»Das Meer hat mich zurückgelassen«, antwortete sie, ohne den Kopf zu drehen. »Ich bin eine Saisongestalt. Einer wie Sie hat mich hierhergebracht. Ich stopte.«
»Stopte?«
»Autos. Ein gräßlicher Mensch. Auch ein Direktor. Er war komplett davon überzeugt, innerlich aus zwei Dutzend Gummiballons zu bestehen. Därme, Nieren, Bauch, Lunge – lauter Ballons. Darum fürchtete er alles Spitze, Angst vor dem Platzen eben. Schiß. Schließlich platzte er doch. Es war schandbar unangenehm.«
»Das kann ich mir denken. Sie waren dabei?« Ich versuchte die Frage ohne Neugierde zu stellen.
»Dabei? Dabei? Bin ich ein Knabe? Verstehen Sie nicht? Bin ich ein Knabe, he? Ich sagte der Polizei, was ich wußte; das Bürschchen, das ihn angestochen hatte, war völlig zerknirscht. Drei Stunden nachher schickte er sogar Blumen ins Hotel. Er war weichherzig. Zwanzig Minuten später verhafteten sie ihn. Zwanzig minus drei macht siebzehn. So alt ist er. Genau.«
»Siebzehn, hm.«

»Nichts ist ohne Bedeutung.«
»Angestochen hat er ihn?«
»Ja. Er war herzkrank, verstehen Sie? Es war zuviel für ihn. Sein Herz war keine Strapazen dieser Art mehr gewöhnt.« Ein Knurren unter dem Tisch ließ mich die Füße zurückziehen. »Es könnte mein Bauch sein«, sagte das Mädchen. »Aber es ist mein Hund, ohne Halsband. Chien perdu sans collier. Irgendwelche Campingschwänze haben ihn ausgesetzt, angebunden an einen Baumstamm. Das Tier war halb verhungert. Wenn es den Kopf zur Seite bog, sah man die Schnauze durch die Rippen. Wie durch ein Gitter.«
Der Hund, eine Mischung von Airdale und Chow-Chow, ein wolliges Schmutzbündel, begann wieder zu knurren; dann brach er kläffend unter dem Tisch hervor, soweit es die Schnur erlaubte, die einen Hinterlauf festhielt. Der Hund bellte zu der jäh sich buckelnden Katze und schnappte nach der Schnur zurück.
»Allons, allons«, sagte das bebrillte Mädchen gemütlich. »Soyez gentils les uns avec les autres... Dabei heißt es immer, daß Katz und Hund sich lieben! Quatsch, diese Volksweisheiten.«
»Wirklich Quatsch.«
Drüben wurden Stühle gerückt; die Schar von Fischern und baskenbemützten Männern erhob sich, scheuchte die Katze vom Tisch. Der Hund knurrte.
»Leider nicht mein Magen«, stellte das Mädchen fest. Ich überhörte sie. Eines der protzig signierten Schiffsbilder gefiel mir trotz allem. Schwarzer Wind riß um die Segel. Nach einigem Glotzen verwandelte sich das Bild: man spürte kein Ufer mehr, keinen Strand. Bei den übrigen war das Ufer zu spüren, von dem aus der ›stolze Drei-

master auf grimmig hoher See‹ gemalt war. Dies Schiff war allein, weit draußen...
Die Matrone hinter der Theke räusperte sich. Dann fingerte sie an einer Reihe von Lichtschaltern herum und löschte die Lampen über den leeren Tischen. Sie zog die Hebel der Espressomaschine, hielt eine Gummiwärmeflasche darunter und ließ den Rest des röchelnden Dampfwassers fließen. Schließlich kam sie um die Theke herum, die Wärmeflasche gegen die Brust gedrückt, und blätterte in einem Stoß alter Zeitungen. Sie wählte sich etwas aus, gähnte und sah erwartungsvoll zu mir.
Ich erhob mich.

Bei den Dünen angelangt, erblickte ich plötzlich die Umrisse des Mädchens hinter der Seegrasböschung, die Kontur ihres bubenhaften, zeppelinlangen Hinterkopfs, von dem die Haare fast waagrecht übers Gesicht geflattert wurden.
»Hallohallo.«
»Guten Abend.«
»Lecken Sie Ihre Unterlippe«, sagte die Stimme des Mädchens.
»Salzig natürlich.«
»Der Mond ist der Erde nie so nahe wie heute, wissen Sie das nicht?«
»Nein, das wußte ich nicht.«
»Schauen Sie: das Meer ist weit draußen und geht noch weiter zurück. Man könnte denken, es nimmt Anlauf.«
Ich stand auf der Böschung. Das Ufer verlor sich wie eine schräge Türschwelle in der Dunkelheit. Der Horizont war wie ehedem: schwarzblau und silbern.
»Whistler«, bemerkte die Stimme unter der Böschung.

»Wer pfeift?«
»Whistler ist ein Maler«, sagte sie. »Er lebt nicht mehr, aber altersmäßig könnte er Ihr Großvater sein.«
»Meiner?«
»Auch Achtzigjährige haben Großväter.« Sie lachte.
»Ich bin zweiundfünfzig.«
»Sehen Sie das Meer?« fragte sie.
»Ich stehe davor.«
»Diese Nacht werden Sie nicht vergessen, bestimmt. Die Leute erzählen, daß in dieser Nacht die meisten Unglücke passieren. Eifersüchtige bringen ihre Frau um oder den Liebhaber, Leute gleiten aus und fallen hin, wer schwach ist auf den Nieren, hats auf den Nieren, wer schwach ist auf dem Magen, hats mit dem Magen, und wer schwach ist auf der Leber, hats mit der Leber. Tatsache.«
»Und wo habens Sie?« fragte ich.
»Das will ich herausfinden, heute nacht. Und Sie?«
In diesem Augenblick ging eine Veränderung vor sich, deren Beschreibung mir schwerfällt. Es hing mit dem Verstummen der Brandung zusammen. Mit einer plötzlichen Kälte, die in der Nacht hing, und – dies mag absonderlich klingen – mit den Haaren des Mädchens: sie wurden weiß. Ihr Gesicht war unverändert, sie lächelte, blieb stehen, unterhalb der Böschung zwischen den schiefen Badehäuschen. Ihr Haar leuchtete wie weißer Schnee. Ich fühlte, wie ich schwerer wurde, fühlte, wie die Absätze der Schuhe sich in den Sand eingruben; ich sprach. An den Wortlaut erinnere ich mich nicht mehr.
Dann setzte das Geräusch der Wogen wieder ein, der Wind kehrte zurück.
Sie stand barfuß neben mir.

»Haben Sie eine Zigarette?«
Das aufflackernde Streichholz beleuchtete ihr Gesicht mit dem trotzigen Mund.
»Ihr Kind?« fragte sie. »Tot?«
»Ein Junge. Er war zwölf Jahre alt, ein Gleichaltriger tötete ihn. Ein Unfall. Mit dem Revolver seines älteren Bruders.«
»Einfach so?«
»Sie spielten. Film, Gangster, ich weiß nicht. Sie rauften, und schließlich ging ein Schuß los. Ich hab den Jungen nie gemocht.«
»Ihren Jungen?«
»Dummes Zeug. Den andern, mein ich. Ein Junge aus der Nachbarschaft. Er hatte immer etwas... ich weiß nicht, etwas Hinterhältiges. Wie seine Eltern.«
»Kennen Sie diese Leute, die Eltern?«
»Natürlich kenn ich sie.« Ich war entrüstet. »Nicht sehr gut, aber doch. Ein Blick genügt. Leute, die einen geladenen Revolver –«
»Ich denke, der gehörte dem älteren Bruder?«
»Der steckt unterm selben Dach.«
»Natürlich«, sagte sie.
»Wieso natürlich?«
»Kennen Sie Häuser mit zwei Dächern?«
»Dummes Gerede.«
»Eben.«
Am liebsten hätte ich sie geschlagen.
»Gute Nacht.« Ich wandte mich zum Gehen; ich spürte meine Schwerfälligkeit, die großen Hände, das Gewicht der Schultern, den speckigen Nacken, die handbreiten Waden, den Hosenstoff, der gegen die Haut rieb, Arme, Schenkel, Bauch, müde, butterig; der Sand stob prik-

kelnd ins Gesicht. Ich dachte an Sandstrahlgebläse, dem das Weiche länger widersteht. Dann blieb ich stehen. Der Wind hatte ausgesetzt, das ferne Rauschen der Ebbe verstummte, Sand fiel vom Kleiderstoff und blieb auf den Schuhen liegen.
Erst als ich ihr Lachen vernahm, wandte ich mich um.

Eine halbe Stunde nach Mitternacht.
Ich überlas das Geschriebene.
Wir haben uns noch lange unterhalten, rauchend, auf der Mauer sitzend; ich vergaß das weiße Haar, das ich zweimal gesehen habe. Sie erzählte die verrücktesten Dinge über Leute, Verwandte, einen Cousin, der jedes Frühjahr auf die ersten schneefreien Alpen stieg und rostige Konservendosen zusammensuchte, entrüstet, unentwegt.
Sie blieb noch auf der Mauer, als ich ging; später öffnete ich die Glastüren; das Meer war sehr weit, nur ein glasiger Strich trennte Sandfläche vom Meer. Es mag herzlos klingen: die meisten Lebensläufe sind grotesk, man braucht sie bloß aufzuzeichnen. Gianin etwa, ein Onkel des Mädchens... Das war ein Arzt. Als er starb, waren die lokalen Blätter voll von Lobpreisungen. In Wirklichkeit, erzählte das Mädchen, lebte er einzig mit einer Botanisierbüchse, in und außerhalb einer Botanisierbüchse. Wichtiger als seine ärztliche Praxis war für ihn diese Botanisierbüchse mit Blumen, Wurzeln, Blüten und Blättern, die er zu Hause zu winzigen Teppichen verflocht: Reklamemuster des fetten Talgrases mit eingewobenen getrockneten Heublumen von violetter Mattheit oder in bleichem Mandarinorange. Wer immer das Wartezimmer betrat, stolperte über Vasen mit Stengeln und Hal-

men; man atmete nichts als die botanischen Beuten in seinem Hause. Im Hintergarten breitete er wochenlang seine Hemden aus, bespickt mit Blumenkronen und gezackten Blättern, und ließ sie von der Sonne bescheinen. Sie lagen dort, auf den Hemdstoffen, und wenn er sie nach Sommerende wieder hereinholte, hatten sich die Konturen abgebildet. Mehr oder weniger. Meist waren die Hemden samt den Gräsern und Blumen brüchig geworden und halb verfault; doch wenn es glückte, sah man Striche, verwackelte Dreiecke und Trapeze. Für die Weihnachtsfeier oder für den Geburtstag von Freunden klebte er mit Gummiarabicum all sein Grünzeug auf Streichholzschachteln, Servietten oder tannenhölzerne Brieföffner. In seinem Schlafzimmer bäumten sich die Bettkissen wie schwangere Bäuche, gefüllt mit dürrem Salbei, Efeu, Buchenblättchen und Sauerampfer. Die ereignisreichen Tage waren in seiner Agenda mit einer aufgeklebten Blattspitze markiert, sämtliche Vasen im Hause glichen struppigen Haarmähnen, unter denen sich die Hälse ausbogen, gefüllt mit Grünzeug und stinkendem Wasser. Den Hintern wischte er sich mit Schnittlauch, er putzte die Zähne mit feisten Sonnenblumenkernen, stopfte Petersilie in die Schwären seiner Patienten und empfahl klagenden Frauen, die Dinger ihrer Männer mit Brennesseln zu stärken. Es gab kein Gras, das nicht half. Die Badewanne ähnelte einem Heustock. Niemand verblutete in Onkel Gianins Praxis. Man vergraste. Seine weiße Medizinerschürze war mit Algen bekleckert, und kurz vor seinem Tode begannen Seerosen aus seinen Ohren zu wachsen, Moos wucherte über die Schlüsselbeine, und Steinpilze sprossen unter den Schultergelenken. Er starb rechtzeitig: eine Gehilfin hatte ihn verklagt. Als Beweismaterial brachte sie ein Bettuch, auf dem die Gerichtsmediziner einzig Chlorophyllflecken feststellten. Sie verlor den Prozeß und erdrosselte sich aus Scham mit einer feuchten Weidenrute. Am Grab las ein befreundeter Geistlicher aus dem botanischen Bestimmungsbuch...

So soll das gewesen sein. Übertrieben. Gewiß.

Aber man versuche dem Lebenslauf eines Kindes irgendeine Komik abzuzwingen. Es ist unmöglich.

Nach zwei Uhr. Erwacht, hörte ich die Geräusche der Dunkelheit. In der Ferne, hinter den Dünen, kreischten Autobremsen, Krachen. Stille.

Mond. Was ist weiß? Die Braut, der Schnee, das Sterben, der Haß.

Vielleicht ist es Chance und Schicksal meiner Generation, wic cin Gorgonenhaupt in den anbrechenden Morgen hinüberzuragen. Der Mond ist weit und doch sehr nahe. Die Medizin behauptet, der menschliche Körper dulde keinen Hohlraum. Die Seele wohl auch nicht. Mondlicht nistet sich ein. Auch Gott ist weiß, weiß wie eine trächtige Termitenkönigin; springvoll, satt, millionenschwer, teilnahmslos, angeschwollen und resigniert. Gütig und ein wenig ekelerregend.

Ich habe den Brief gelesen, gegen den ich mich fünf Tage lang gesträubt habe, Daniels Brief, der Brief jenes Jungen...

»Ich weiß nicht, was ich Ihnen schreiben soll. Vater sagte, ich solle Ihnen schreiben. Es tut mir leid. Ich meine, es war nicht beabsichtigt. Ralf hatte ein Kriminalheftchen gelesen, ich rannte hinüber zu unserm Hause und holte den Revolver aus dem Wandschrank meines

Bruders. Er lag immer dort, aber vor zwei Wochen war er noch nicht geladen. Als ich zurückkam, überfiel er mich zum Spaß, wir boxten, er boxte, und ich wollte einen Schlag zurückgeben, und dann ging der Revolver los, dann fiel Ralf mit dem Kopf gegen den Zentralheizungskörper. Ich rief: ›Ralf, Ralf, Ralf!‹ Und er sagte zweimal: ›Daniel.‹ Sie waren nicht zu Hause, Ihre Frau auch nicht. Ich holte im Badezimmer Watte, Verbandstoff und Vindexpflaster. Ich zog ihm das Hemd aus und legte fünf Vindexpflaster darauf und Watte. Ich überlegte, was man sonst noch tun könnte. Meine Eltern waren auch nicht da, und so rannte ich zu Wemersheims hinüber. Herr Wemersheim saß im Liegestuhl und sagte: ›Ich komme sofort.‹ Ich überlegte inzwischen, was man abbinden könnte, da Ralf noch immer blutete. Dann kam Herr Wemersheim. Herr Wemersheim trug ihn nach oben in sein Zimmer und sagte, man müsse Sie finden und Ihre Frau und die Polizei. Er ging zum Telephon und hielt mich die ganze Zeit am Handgelenk fest. Er sagte, ich sei immer sehr brutal gewesen, und es wundre ihn keineswegs, er habe sowas seit langem erwartet. Wahrscheinlich sei ich auch nicht ganz normal, sagte Herr Wemersheim, und ich müsse die chemische Reinigung für die Flecken auf seinem Anzug bezahlen. Ich bin aber ganz normal. Ich war fast vier Tage in einer Klinik und mußte den Ärzten alles erzählen. Sie fragten auch, was Ralf und ich hinter dem Ligusterhaag gemacht hätten, aber es war fast gar nichts. Ralf war mein bester Freund. Ich habe noch immer zwei Bücher von ihm, ›Gefahr ist mein Beruf‹ und ›Die Perlenfischer‹. Soll ich sie Ihnen schicken?
Meine Eltern haben mich zu Bekannten geschickt, die in

den Bergen wohnen. Wahrscheinlich muß ich die jetzige Klasse nachholen, weil ich mich schlecht konzentriere. Ich wollte nichts Böses, und ich denke immer an Ralf. Er war auf Ehrenwort mein bester Freund. Es grüßt Sie – Daniel Estermann.«

Drei Uhr. An jenem Abend waren wir eingeladen. Dann schrillte das Telephon. Wemersheim, ein Nachbar, hatte uns nach Stunden ausfindig gemacht. Seine Stimme glühte vor flüsternder Verhaltenheit. Kommen Sie sofort, sagte er, es ist entsetzlich. Die Gäste sahen auf. *Was* ist entsetzlich, Herr Wemersheim? Kommen sie sofort, bitte sofort, wiederholte er. Sofort, sagte ich und ließ den Hörer auf die Gabel fallen. Angela starrte mich mit verstörtem Blick an und drückte ihre Kingsley in der leeren Dessertschale aus. Jedermann, eine ganze Menge Leute, die Seiberts, Schönmanns, Siggs, Dr. Halter mit seiner Freundin, Direktor Waaner, der seine widerliche halbwüchsige Göre statt Gattin mitgebracht hatte, Frau van Thiel, die fünf Minuten früher mit ihrem Cockerspaniel erschienen war, obwohl sie zur Limousine der Waaners gehörte, Dr. Branger, Fipps Geiser, ein Schulfreund, ein gewisser Kleinle, der in Begleitung eines breithüftigen Fräulein Cadagna erschienen war, die Schönbocks, und auch ein schwarzhaariges Mädchen, das den ganzen Abend von der eben bestandenen Fahrprüfung erzählte – alle erhoben sich, drückten die Zigaretten aus und erboten sich, uns zu begleiten. Das schwarzhaarige Mädchen erwies sich als derart penetrant, daß ich ihr schließlich das Wort abschnitt.

Wemersheim stand stumm vor der offenen Haustür. Er streckte einen Zeigefinger aus. Ich konnte nicht umhin, mir vorzustellen, wie er eben noch in der Nase gebohrt hatte. Dann wies er mit dem nämlichen Finger hinter sich, schüttelte sich wie ein nasser Hund und versuchte, seinen Arm um mich zu legen.

Das ganze Haus war erleuchtet, drei, vier Unbekannte kamen uns schweigend entgegen, ein Arzt auch; er begann fingerknipsend zu reden. Jemand, ein Zivilpolizist glaube ich, zwang Angela in einen Fauteuil. Sie erhob sich und rannte zur Treppe. Ich folgte ihr.

Als ich ins Wohnzimmer herunterkam, war nur noch einer der Polizisten da. Er hatte ein Buch vom Bücherregal genommen und blätterte darin. Er wollte mehreres wissen.

»Wo ist er?« unterbrach ich.

Überflüssigerweise erkundigte er sich, wen ich meine.

»Der Junge... Daniel.«

»Wir haben ihn vorderhand mitgenommen. Er ist auf der Wache.«

Dann begann er wieder Fragen zu stellen.

Es war Morgen, als ich ins Schlafzimmer hinaufging. Der folgende Tag war von kleinen Aufregungen und Geschäftigkeiten erfüllt. In der Nacht darauf geschah nichts, obwohl vieles hätte geschehen können. Und es war wiederum Morgen, als ich hinaufging. Angela hatte den Kopf unterm Kopfkissen versteckt; die Decke war von ihrer Schulter gerutscht. Ihre Schulterblätter warfen im Morgenlicht harte Schatten. Ich ließ mich plumpsen, und sie erwachte.

»Du wirst ihn umbringen, nicht wahr? Du mußt ihn umbringen.«

»Wen?«

»Ihn. Frag nicht so dumm.«

»Nein.«
Sie begann im Halbschlaf zu weinen und rollte wie gewohnt auf die andere Seite.
Ich hatte niemanden, auf den ich meine »Gefühle« abladen konnte... Ich gestehe, ich hätte den Jungen, diesen Daniel, mit meinen beiden Händen erwürgt und erschlagen, hätte ich ihn angetroffen. Aber Haß ist stärker als Schmerz. Die Briefe, die ich gefunden hatte, ließen mich Ralf beinahe vergessen.
Vielleicht ist Schmerz dennoch stärker als Haß. Außerdem: es gibt zuwenig persönliche Tragik. Zuwenig persönliches Unglück.

Halb fünf Uhr. Die ganze Nacht war Hundegebell zu hören. Ich bin aufgewacht, weil meine Därme sich drehten. Ich erbrach mich.
Der Mond... Kann man dieses Gestirn nicht umbringen? Alles ist nahe. Alles ist in allem. Es gibt *einen* sicheren Punkt: an ihm wird das innere Auge zum Monstrum.

Ich habe Daniel einen Brief geschrieben. Es gibt nichts Schwereres, als an ein Kind zu schreiben. Schließlich dachte ich an den ersten Schultag in einer neuen Schule, an Daniels ersten Schultag... Zopfige, verstrubbelte Bergbauernkinder hinter engen verkratzten Pulten, tuschelnd, sich vorbeugend, sich wendend, sich drehend zum Neuen hin, der dahockt, den Blick verlegen und regungslos auf die schwarze Fläche der Tafel gerichtet, die kahle, schwarze Schultafel, die nackte, gerahmte Finsternis, die auf Stunden und Tage hindroht, da ein Handgelenk und fünf Finger ein Menetekel von Zahlen und Worten hinkritzeln. Da ist die heiße Schulzimmerluft mit dem Geruch von Bodenwichse, die sich mit dem Geruch von verschwitzter Haut und zersessenen Hosenböden anstaut, bis die Tür sich öffnet. Und das Getrampel, Scharren und Schnauben verstummt, als ziehe sich eine Herde von Hunnen in die Lautlosigkeit des Waldes zurück. Der Feind! Und nach einer Stunde schrillt die Glocke; die Horde bricht wieder aus der Verborgenheit, aus dem Gestrüpp, aus den Bäumen, hinter denen sie wartete, kampflustig, wiehernd: *Kinder!* Er wird mitgerissen, steht auf dem Schulhof, umringt, bestarrt, beschnuppert, geschubst. Die Schulglocke schrillt. Treppauf, treppab. In der nächsten Pause wird der Kampf beginnen. Der Kampf der Kinder, die Schlacht, das Leben, das Massakrieren der Träume...

Es ist Morgen.
Der Himmel ist weiß.
Ich habe Kaffee getrunken. Da die Briefkästen plombiert sind, werde ich mit dem Brief ins Dorf spazieren.
Das Mächen vom vorigen Abend stand auf der Quaimauer. Sie trug eine verwaschene Wollmütze und grinste mir mit den ein wenig vorstehenden Zähnen entgegen; sie schien älter als gestern. Der graue Hund raste bellend auf der Mauer entlang, schnappte nach fliegenden Sandkörnern und flitzte wieder unergründlich in eine Himmelsrichtung.
»Wie haben Sie die Nacht verbracht?« rief sie. »Niere, Magen, Prostata, Gehirn –?«
»Ich weiß nicht. Einfach so. Ich habe einen Brief geschrieben –«
»An den Jungen?«
Sie strahlte, sagte nichts.

»Ja, ich…«
»Spazieren Sie ins Dorf hinüber? Darf ich Sie begleiten?«
Sie sprang von der Mauer und pfiff durch die Finger. Der Hund wetzte uns bellend entgegen.
Die Luft war erfüllt vom Geruch der Fische und dem Meertang, der wie Theaterperücken am Strand trocknete, zwischen See und Land und den Requisiten der verflossenen Badesaison: gelben Plasticsandalen und einem Kinderdreirad, das im Meerwind rostete.
Als ich aus der Post herauskam, war sie verschwunden.
Ich erkundigte mich nachmittags im Bistro, doch wußte niemand etwas.

Ausblick auf eine Expedition

»So«, sagte er. »Genau so.«

Sie standen am morschen Zaun, der oben bei der Kiesgrube begann: das verwitterte Holz knackte unter dem Schlag der fingerdicken Röhre, Holzsplitter spritzten auf, und brauner Holzstaub rieselte ins Gras.

»Genau so.«

Es klang sehr sicher, wie er es sagte, und der dumpfe, schmetternde Schlag betonte paukenartig sein abschließendes Wort.

Der Junge hörte nur noch halb zu, wie er dann sagte, er solle sich nach dem Schlag vornüberwerfen und das Steuerrad übernehmen, während er den Getroffenen sofort zu sich reißen, dann die Bremsen ziehen und den Wagen zum Stehen bringen würde – er hörte dies alles nur mit halbem Ohr, denn abgesehen davon, daß ihm das Weitere durchaus klar war, beschäftigte ihn der winzige Holzsplitter im Auge weit mehr als alles andere, das man noch immer überlegen konnte, ja, und vermutlich würde morgen alles wieder anders sein, und Malaan würde eine andere Idee haben; etwa wie er eine aus der Nachbarschaft in sein Zimmer locken könnte oder so, mit seiner Hilfe natürlich, denn er mußte ja immer einen Zeugen oder Gehilfen haben – kurz, es war ihm im Augenblick vielleicht alles sehr ernst, und als er den ekelhaften Splitter mit der Spitze seines Taschentuchs aus dem Augenwinkel getupft hatte, sagte er es auch gleich, und er sagte es ziemlich unverhohlen. Er hätte es vielleicht weniger unverhohlen gesagt, wenn ihn der Holzsplitter nicht so geärgert hätte.

Nein. Diesmal war es Malaan ernst: »Aber wenn du nicht mitmachen willst, so halte gefälligst die Schnauze und scher dich gelegentlich zum Teufel.« Das »gelegentlich« rettete die Sache. Es war einfach so gemeint, nicht wörtlich eben, sonst wäre er gleich gegangen, und so sagte er auch bloß: »Gut. Ich komme. Aber nicht morgen oder übermorgen, nicht im Sommer. Im Herbst. Im Sommer sind zu viele Fahrzeuge unterwegs, und bestimmt wird gleich eines hinterherfahren – und dann.«
Der Junge hielt die gespreizten Finger kreuzweise vor das Gesicht und sah wie hinter einem Gitter hervor.
»Morgen«, sagte Malaan. »Morgen oder nie. Dann geh ich eben alleine.«
Seine Stimme klang gepreßt, nicht angstvoll, sondern entschlossen, oder doch so, als zwinge ihn etwas zu dieser Entschlossenheit. Er fingerte an der stoffüberzogenen Röhre herum und bohrte mit einem Aststück den Humus aus dem Hohlraum.
Der Junge schwieg. Er setzte sich mit geheuchelter Gleichgültigkeit ins Gras und begann, zuerst spielerisch, dann geschäftig, einen Löwenzahn zu zerpflücken, löste die Blumenkrone vom Stengel und pfiff vor sich hin.
Es gab keinen triftigen Grund. Seit man nicht mehr zur Schule ging, sondern im Leben stand, im wirklichen Leben, und auch zu Hause etwas respektvoller behandelt wurde, weil man nun arbeitete und somit reif war, fand er nur noch beschränktes Interesse für die »Ideen« Malaans. Aber er mochte ihn. Auch das zählte. Die Schule hatte ihn zwar nie so gelangweilt, wie ihm Malaan hatte einreden wollen. Im Gegenteil. Es war sogar recht kurzweilig gewesen. Er erinnerte sich an den Tag, da der Hilfslehrer, ein jüngerer Mann mit schütterem, grau-

blondem Haar, das Zeitliche weit vor der Zeit und als ziemlich gebrochener Mann segnete. Herzinfarkt oder wie das Ding hieß. Malaan rühmte sich damals in der Zehnuhrpause, der Verstorbene könne ihm bloß danken für die Abkürzung seines öden Daseins, dessen Hinfälligkeit er, Malaan, längst erkannt und beschleunigt habe: mit kleinen Stübsen, die ihn an den Rand des Grabes brachten. »Das Gleichgewicht hat er natürlich selbst verloren.« Ein Lehrer hatte zugehört, und Malaan flog noch vor Semesterschluß...

Er sprach unbeholfen. Die Worte kollerten nur mühselig aus ihm heraus, in bruchstückartigen Sätzen, wobei er den Mund schon vorher öffnete und die Lippen Worte formten, die er dann gar nicht artikulierte. Seine Hände, seine Arme, sein ganzer Körper war in ständiger Bewegung, wenn er sprach oder zu sprechen beabsichtigte, und es schien zuweilen, als müsse er mit gespreizten Händen die Worte aus der Luft haschen oder ziehen. Aber es war immer etwas an den Dingen, die er sagte, und wenn man ihn länger kannte, wirkte er wie ein glühender Kohlenofen, in dem von Zeit zu Zeit die Schlacke herabkollerte. Es war bloß Schlacke, was er sagte, graue, unförmige, spröde Schlacke, die gläsern von seinen Lippen fiel. Aber sie war noch heiß, man konnte sie nicht gleich anfassen, nicht sofort antworten. Man mußte warten, bis sie kalt geworden war. Der Junge drehte seinen Kopf, um etwas zu sagen, irgend etwas, und um dem Gespräch eine andere Wendung zu geben. Malaan stand nicht mehr hinter ihm; er sah ihn gegen die Kiesgrube schlendern, ein Holzstück vor sich her kickend. Erst als die Schritte des Jungen dicht hinter ihm waren, blieb er stehen:

»Kommst du? Ja oder nein?«
»Ich weiß nicht – ich; vielleicht komme ich. Aber nicht morgen.«
»Morgen«, sagte Malaan stur. »Morgen.«
»Es ist verrückt. So langweilig und so verrückt.«
Er bückte sich, hob eine Handvoll Steine auf und begann sie nach einer Verkehrstafel zu werfen. Keiner der Steine traf. Malaan hob den letzten Stein, den der Junge mißmutig hatte fallen lassen, wieder vom Boden auf. Scheinbar ohne zu zielen, traf er die emaillierte Tafel, die klirrte und den Stein rikoschettierend zurückschleuderte.
»Morgen. Morgen. Morgen.«
»Warum morgen?«
»Weil morgen morgen ist.«
»Morgen hat Mutter Geburtstag«, sagte der Junge.
»Soll ich lachen? Morgen hat Mutter Geburtstag. Morgen hat Mutter Geburtstag.« Er äffte die Stimme des anderen nach, packte plötzlich die Hände des Jungen und führte sie hart vor dessen Augen.
»Guck!«
Auf den Handflächen waren die braunen Flecken des zerdrückten Löwenzahns zu sehen.
»Löwenzahn«, sagte der Junge kopfschüttelnd.
»Muttermilch«, sagte Malaan und ließ die Hände wieder fallen. »Muttermilch. Mutters Geburtstagsmilch.«
Sie starrten sich finster an.
»Gut also. Ich komme nicht.«
»Gut. Du kommst also nicht.«
Eine Weile trotteten sie nebeneinander her. Der Junge blieb stehen, sah den andern aufmerksam an und grinste verlegen. Dann schlenderte er schlaksig davon.
Malaan folgte der Hauptstraße.

Es war zehn nach sechs. Ganz abgesehen davon, daß es ihm höchst gleichgültig war, ob es weit mehr oder weit weniger als sechs Uhr war, jetzt, da die beiden Nullen, die er in das Kontobuch eingetragen hatte, nicht mehr eigentlich Nullen waren: hinter einer Zehn, aus der dann Tausend wurde, deutlich und nicht zu verkennen, wenn man nicht schon von vornherein argwöhnte; sie waren da, die beiden Nullen, sie standen dicht vor seinen Augen wie geschweißte Ringe, und wenn er die Augen schloß, dann waren sie noch immer da, farbig kreisend, grün, rot, meerblau, gelb, weiß sogar, wenn er weniger krampfhaft die Augen zuhielt. Zwei kleine Nullen, mit Tinte geschrieben und kleinen Häkchen oben, wie es Kalmer verlangte, genau so, nur waren es diesmal zu viel, zwei zuviel. Sie waren klein, diese Nullen. Aber sie waren anders. Sie rochen nicht nach Bureau, nicht nach Alltag und elterlichem Abendessengeschwätz, nicht nach tagaus, tagein, tagaus, tagein. Sie rochen nach tropischen, glühenden Gegenden. Nach tauigen, fettig-grünglänzenden Blättern, zwischen denen flammende Blumen hervorleuchteten und mit süßem Geruch die Luft erfüllten, einer Luft, die unter der Hitze zitterte und bebte. Sie waren wie jener Satz, den er in einem Magazin gelesen hatte: »Er sah nur noch den vor Schweiß triefenden, braunen Rücken des Farbigen. Dann ließ er seine Peitsche sausen, die mit pfeifendem Geräusch die Luft durchschnitt und sich schnalzend in die Haut einfraß.« Es war ein schwülstiger, gräßlicher Satz, aber er haftete. Er hatte nichts gegen Neger. Im Gegenteil. Es war die Stimmung. Und diese Stimmung konnte in ihm wach werden, wenn er einen lackierten Drehschemel erblickte oder Kalmers Gesicht, das auf einem kurzen Hals saß, auf einer breiten Brust mit widerlich schmalen Schultern, einer Brust, die sich nur dann wölbte, wenn Kalmer am Montagmorgen den Sieg seiner Fußballmannschaft verkündigen konnte, oder wenn er die Geburt seines vierten oder fünften Sprößlings ausposaunte. Manchmal kam er zu ihm herüber und gab eine seiner ständig gleichlautenden Instruktionen, führte die Hand und versuchte ihm den Schwung seiner quinkelierenden Ziselierschrift beizubringen.

Die erste Häuserreihe der Vorstadt erschien, das hundertfenstrige Verwaltungsgebäude der Straßenbahn. Er überquerte die Geleise, erreichte die Traminsel und blieb vor dem wackligen Stuhl mit der unbewachten Ledertasche und den Zeitungen stehen: Jeder ging hier vorbei. Jeder war beflissen, die richtige Münze oder sogar mehr für die Selbstbedienung zu zahlen, und jeder freute sich einen Augenblick über seine Ehrlichkeit...

Er riß einen lose gewordenen Knopf ab, spickte ihn in den Zeitungsbehälter und ergriff fünf Exemplare, die er in den nächsten Straßenschacht warf.

Er beschloß, nicht nach Hause zu gehen. Nicht zum Abendbrot jedenfalls. Kurz vor Tagesanbruch erst, und auch dann nur für einige Minuten.

Er hielt die Eisenröhre noch immer in der Hand: Vorübereilende richteten flüchtig ihren Blick darauf; er steckte sie unter die Jacke und drückte sie mit dem Ellbogen an sich.

Er würde auf jeden Fall davon Gebrauch machen. Nichts, nichts konnte ihn abhalten, wenn er wirklich entschlossen war! Ja, einmal hatte ihn ein älterer, betrunkener Mann angepöbelt. Der Mann war stärker gewesen und hatte sich denn auch fast herablassend erkundigt, ob ihm sehr viel an einer Ohrfeige liege. Er war fest entschlossen in diesem Augenblick, dem Mann sofort mit dem nächsten Gegenstand den Schädel einzuschlagen, falls er ihn berühren sollte. Der andere hatte sich achselzuckend abgewandt. Die Leute spürten immer, wenn man entschlossen war. Jedenfalls: Wenn man zum Äußersten entschlossen war. Es war etwas, das man riechen konnte; eine Art Geruch, die man hinterher nie beschreiben konnte. Es roch nach Tod. Nicht nach Leichen. Nach Tod. Er hoffte, daß der Mann von morgen ein Ekel war.

Er bog in die nächste Seitenstraße; der übliche Weg, wenn ihn die Langeweile überkam. Vor dem Spielsalon standen Halbwüchsige um ein Motorrad und stritten sich über die Vorzüge und Nachteile der Maschine. Billiges Zeug. Man sah es auf den ersten Blick, und er betrat den Automatensalon, ohne einen weiteren Blick zu verschwenden.

Er legte eine Münze auf die Scheibe seines gewohnten Apparates und stieß sie zurück. Mit dem Klingeln und gleichzeitigen Aufleuchten begann das Spiel. Die Kugeln fielen durch die unblockierte Klappe, und der Apparat begann zu surren. Zwei Männer traten hinzu und verfolgten mit ihm den Gang der Kugel, die da und dort anstieß und wieder an den oberen Rand geschleudert wurde, bis sie der Flipper schließlich nicht mehr erreichte. Er ließ die Feder schnellen; die nächste Kugel rollte über das Brett und fiel wiederum – nach mehrmaligem Aufprallen – begleitet von schrillem Glockenton und aufleuchtenden Ziffern in den Behälter. Die Kugel fiel unabänderlich. Ebenso unabänderlich, wie jener gleißende Ball allnächtlich im Schlaf vor seinen Augen

aufstieg, höher und höher, zu einer gigantischen Feuerkugel anwachsend, bis er mit einem Male auf dem Gipfel eines Berges stand, über den sich das sonnenähnliche Gebilde herabsenkte: immer heißer, immer greller. Sein Puls arbeitete fiebrig, und mit jedem Pumpen des Herzens stieß Schweiß aus den Poren, und jedesmal faßte ihn im Traum die namenlose Wut über die Sonne, und er spuckte aus... Dann erwachte er gewöhnlich, naß und mit Speichel vor dem Mund. Es war Morgen, und er spürte die Sommerglut, die auf den geschlossenen Fensterläden lag. »Zweimillionenachthunderttausend«, sagte einer der zuschauenden Männer und schob den feuchtbraunen Zigarettenstummel in den andern Mundwinkel. »Zweihunderttausend weniger als ich.«
Er schob den Mann zur Seite und ging hinaus, schlenderte an der debattierenden Gruppe vorbei und flanierte planlos gegen das Stadtzentrum.

Zwei Stunden nach Mitternacht kehrte er zurück, schloß die Haustür, brannte ein Streichholz an, um nicht über die Fahrräder zu stolpern, die gewöhnlich den Gang versperrten, und erreichte geräuschlos die Treppe. Oben versuchte er mit einem einzigen Schritt über knarrende Parkettbretter die Wohnungstür zu erreichen, öffnete dann leise und wiederholte den nämlichen Schritt zu seinem Zimmer.
Er zog die Schuhe aus, ging zum Spiegelschrank und tastete mit den Händen im Dunkel herum. Der Sack lag in einer Ecke, begraben unter schmutzigen Hemden und Taschentüchern. Er steckte die Turnschuhe in den Sportsack, auch die zwei Bände Baedeker mit zerschlissenem Einband, das Hirschhornmesser und fünf Taschentü-

cher; dann tastete er nach dem Schuh, in dem er die Geldscheine versteckt hielt. Bis in zwei Tagen würde sein Betrug entdeckt werden; aber bis dahin war er über alle Berge und Grenzen. Schlimmstenfalls landete er in der Legion.

Er legte sich auf das Bett. In Zukunft würde er aufwachen, ohne die schwarzen, gußeisernen Bettverzierungen anschauen zu müssen. »Ein gutes Bett!« pflegte Vater zu sagen. »Nix da Sofa. Sofas gehören in ein Boudoir. Männer brauchen ein Bett, und in diesem Bett schlief dein Großvater, mein Vater – einer der hervorragendsten Unteroffiziere, die das Licht dieser Welt je gesehen haben. Ein ruhmreicher Oberst hat es geschrieben: Der Brief hängt in meinem Zimmer.« Das Schreiben hatte er nie gesehen, wohl aber ein Foto, das über dem Bett hing, ein Portrait Großvaters, dessen Gesicht tatsächlich nicht leugnen konnte, daß er in dieser Klappe gepennt hatte. Danach ging meist der übliche Krach los, zu seiner insgeheimen Freude, und wohl auch derjenigen Vaters, der seinen Mittagsschlaf beendet hatte und sich nun zu langweilen begann. Dann brachte Mutter Kaffee. Und Kuchen. »Den Kuchen, den ihr so liebt!« Es war zum Kotzen.

Er öffnete wiederum die Schranktür und suchte im Wintermantel nach seinem Paß, den er zusammen mit der Eisenröhre im Schnürsack verstaute; in der linken Tasche des Mantels fand er ein paar Zigaretten. Eigentlich machte er sich nichts daraus. Die Zigaretten waren ausgetrocknet und rochen parfümiert; er nahm ein paar Züge und begann zu husten. Um Gottes willen nicht husten! Man durfte krepieren, verfaulen, verblöden, zerfallen, stinken – aber nicht husten. Nicht in diesem Hause!

Mutters ängstlicher Mutterschlaf war leicht und unruhig. In einer halben Minute würde sie, mit einer Flasche Sirup bewaffnet, vor seinem Bett stehen. Er verfolgte aufmerksam die dünnen Rauchschwaden, die der Tapete entlangkringelten und sich auflösten...

Er trat ans Fenster, öffnete die Läden und spähte hinaus. Die Straße war leer. Über den Häuserzeilen zeichnete sich das Grau des kommenden Tages ab. Er schloß die Läden wieder, schlüpfte in die Schuhe und tappte langsam die Treppe hinunter. Er überlegte: Ein Sack sah zu dieser Tageszeit verdächtig aus. Aber in dieser Stadt sah zu dieser Tageszeit alles verdächtig aus, und so war es gleichgültig.

Nach einer halben Stunde erreichte er die Überlandstraße; es wetterleuchtete, und man glaubte, den Regen zu riechen. Die Straße führte schnurgerade aus der Stadt hinaus, die Häuser verschwanden; manchmal ein vereinsamter Bauernhof oder eine Benzinstation.

Ein Segeltuchsack über der Schulter! Und ein frisches Hemd. Und gebügelte Taschentücher. Und Turnschuhe. Was soll ein frisches Hemd? Mutter wüßte präzise Antwort darauf. Turnschuhe? Mit Turnschuhen turnt man.

Es begann zu regnen. Er war ein gutes Stück weitergekommen, hastig und rasch. Langsam! Er gab sich die Befehle mit lauter Stimme. Die Worte kehrten von irgendwoher zurück und krochen wie kalte Drähte über seinen Rücken. Er griff nach den Turnschuhen und schmiß sie zusammen mit dem frischgebügelten Hemd ins Gras. Die beiden Reiseführer folgten flatternd wie abgeschossene Tauben. Er steckte das Hirschhornmesser bis zum Heft in die hartgetretene Erde, dicht am Asphaltbelag, und

brach die Klinge mit einem Fußtritt. Die Röhre ließ sich mühelos verstecken –: Einen Augenblick war es, als hätte ihn jemand auf die Schulter getippt.
Er zuckte zusammen. Nichts.
Die Geschichte mit der Patentbrücke fiel ihm ein. ›Abenteuer und Mechanik‹ hatte in der letzten Nummer darüber berichtet. Ein tolles Etwas. Fast zwei Zentner schwer. Heute verfertigte man solche Dinge federleicht, aus gepreßten Kunstfasern. Und die Flüchtlinge! Jesusseiunsergast, wenn das nicht eine Idee war! Wollten irgendwo eine neue Heimat aufbauen oder ähnlich. Juden wahrscheinlich. Und irgend jemand verkaufte ihnen eine demontierbare Brücke, damit sie die »gefährlichen, reißenden Ströme« überqueren könnten. Die Einzelteile wurden auf acht Maultiere gepackt, und dann waren die Leute losmarschiert. Stracks durch Brasilien, erzählte ›Abenteuer und Mechanik‹. Hier wollten sie eine neue Heimat bauen, mitten im Matto Grosso. Mit Kind und Kegel, ein paar Hämmer und Nägel in der Tasche, einige Gewehre und weißichwas. ›Abenteuer und Mechanik‹ schilderte das alles genau und mit farbigen Zeichnungen: wie sie huckepack losgingen, wie später die Maultiere umkamen, die Hälfte der Leute ebenfalls; die andere Hälfte wurde von Schlangen gebissen oder versank in den Sümpfen, genau wußte man es wohl nicht, und ›Abenteuer und Mechanik‹ hatte offensichtlich einiges hinzugedichtet. Vier Monate später hatte eine Expedition die verrostete Patentbrücke gefunden: drei der Überlebenden hatten sie alleine weitergeschleppt, noch ein, zwei oder drei Meilen durch das Lianendickicht. Zwei von ihnen waren unter der Last der Patentbrücke zusammengebrochen, und der dritte lag ein bißchen ab-

seits im Gebüsch, und sein Schädel zeigte ein kleines, rundes Einschußloch. ›Abenteuer und Mechanik‹ hatte bestimmt übertrieben, aber die Geschichte ging ihm nach.

Es regnete. Die Tropfen fielen schwer und langsam, hier einer, dort einer, hier einer, dort einer... Dann immer schneller, klatschender, spritzender, wie durch eine Dusche mit schlechtem Verteiler.

Das Spritzen wurde stärker, auch das klatschende Geräusch, und mit einem Male fiel ein Lichtschein über seinen Kopf, und sein Schatten wurde rasch und brüsk über die Straße geworfen.

Er wandte sich um. Einige Meter hinter ihm hielt ein Wagen mit gleißenden Scheinwerfern. Sie blendeten ab, und die Wagentür wurde geöffnet.

»Mitfahren?«

Er näherte sich geduckt und mit kleinen Sprüngen der halbgeöffneten Tür.

»Steig ein!«

Steig ein! hatte der Mann gesagt. Nicht: Steigen Sie ein! Der Blick des Fahrers hing auf der Straße und auf den schiefen Regenfäden.

»Im Fach rechts findest du eine kleine Flasche Cognac, gegen Erkältung und so.«

Lächerlich. Er war keine fünfzig Schritte im Regen gegangen.

»Erkälten ist etwas Lächerliches.« Der Mann schien seine Gedanken erraten zu haben. »Aber es kann lästig sein.«

Malaan griff in das Fach und setzte die Cognacflasche an die Lippen.

»Zigarette?« Für einen Augenblick verschob sich die

Manschette, als der Mann seinen Arm ausstreckte, und er glaubte auf der Innenseite des Handgelenks eine Tätowierung zu erblicken.
»Eine Tätowierung«, sagte der Mann. »Soll eine Kompaßrose darstellen. Mit den vier Himmelsrichtungen. Sowie eine Nummer. Aber die stammt von früher her.«
Er schwieg. Sah zum Fenster hinaus.
Regenwolken hingen am Horizont einer Hügelkette, über der sich der Wald wie eine schwarze Wiese abhob. Der Regen vermischte sich auf der Windschutzscheibe mit den Schmutzspritzern.
»Auf dem Hintersitz liegen Brötchen.«
Er hatte keinen Hunger, oder fast keinen, aber er griff nach der knisternden Tüte. Er ärgerte sich, wie er alles annahm, was der Mann vorschlug: seine Stimme klang weder freundlich noch kühl. Er mochte etwa vierzig sein; sein Gesicht war schwer zu erkennen. Die Lichter der Straßenlampen verfolgten sich, lösten sich ab und warfen wechselweise Schatten und Helligkeit über die Züge.
Der Wagen verminderte die Geschwindigkeit, hielt am Straßenbord, und der Mann stieg aus. Er ging um den Wagen herum und öffnete die Tür, tastete mit der Linken nach dem Fach und zog einen Lappen hervor. Dann putzte er die Windschutzscheibe, und einen Augenblick begegneten sich ihre Blicke. Der Mann setzte sich wieder ans Steuer und trat auf das Gas.
»Man wird müde«, sagte er. »Die ganze Nacht durchgefahren. Kannst du fahren?«
Malaan lachte.
»Ich frage, ob du fahren kannst?«
Er nickte.

»Gut. Wechseln wir die Plätze.«
Er hielt an, und sie wechselten die Plätze.
»Übrigens: es wäre für dich bestimmt angenehmer, wenn du das Ding aus deinem Hemd nehmen würdest.«
Er gehorchte. Der Mann betrachtete das Röhrenstück, wog es mit der Hand und legte es wieder neben sich. Dann verschränkte er die Arme und schloß die Augen.
Ein guter Wagen... Er hatte das gleich gesehen. Straße und Weg wurden fast unwichtig in einem solchen Wagen.
»Bei der nächsten Kreuzung nach links abbiegen!« sagte die Stimme des Mannes murmelnd.
Wenige Minuten später erreichten sie die Kreuzung.
»Anhalten! Platzwechsel.«
Er gehorchte.
Links und rechts breiteten sich Wiesen aus; vereinzelte Büsche, braune Ackerstreifen und Nebelschwaden. Die Stahlröhre lag neben ihm.
Er tastete mit der Linken langsam danach und krallte die Nägel in den Stoffbezug.
Sein Herz hämmerte. Der Augenblick war da. Sekunden, Sekunden, und sein Arm, seine Hand, sein ganzer Körper würden alles reflexartig ausführen. Schweiß drang aus der Handfläche und sog sich in den Stoffüberzug. Er blickte bewegungslos geradeaus. Der Scheibenwischer surrte hin und her. Er konnte den Stahl fühlen, kühl und schwer, der Augenblick war da...
Lichter flirrten und flimmerten, und der penetrante Geschmack von Tod brannte in seiner Nase; er riß den Mund auf, um Atem zu holen, während seine Brust gegen etwas Hartes, Schweres krachte und es drinnen, tief drinnen, dunkel wurde, luftlos und lautlos, eine

schwarzschaumige Wolke, die aufstieg, höher, immer höher, durch Brust und Hals bis in das Gehirn, in dem noch immer die Lichter tanzten und funkelten, dann zu einem einzigen Punkt zusammenschossen und als glühende Sonne anwuchsen.

Als er sich aufschreien hörte, war alles wieder da. Das Gesicht des Mannes beugte sich über ihn. Dann war es eine Hand, die etwas Weißes über Stirn und Augen hielt und schließlich den Blick freigab.

Der Mann war ausgestiegen.

Er ging rauchend am Straßenbord auf und ab, den Rockkragen hochgeschlagen. Kleine Funken stoben von seiner Zigarette. Dann stieg er wieder ein.

»Zeig her!« Die Schramme auf seiner Stirn blutete, aber es war weiter nichts.

»Hast du Kopfschmerzen?«

Er schüttelte den Kopf.

Der Mann beugte sich erschöpft über das Lenkrad.

»Ich war zu müde«, sagte er. »Ich glaubte plötzlich gegen eine Mauer oder einen Abhang zu fahren. Blödsinn, die ganze Nacht durchzufahren.«

Hohe, dichtbelaubte Buchen standen auf beiden Seiten des Weges und verflochten ihre Kronen.

»Kaffee«, sagte der Mann. »Das tut gut. Kaffee.«

Sie hielten vor einem Bauernhaus, die Fenster waren beleuchtet, und man sah eine Frauengestalt zwischen den Stühlen auf und ab gehen.

Sie traten ein und setzten sich an einen Fenstertisch. Das Mädchen, eine dickliche Blondine, latschte gähnend an ihren Tisch.

»Was solls denn sein?«

»Kaffee, bitte.«
»Kaffee haben wir keinen. Keinen mehr«, verbesserte sie und rieb ihre Schenkel an der Tischkante.
»Tee also«, meinte der Mann. »Und Spiegeleier. Und Speck.«
Sie zog davon. Dann kam sie zurück und stellte einen Teller mit dürren Kipfeln auf den Tisch.
»Bitte«, maulte sie.
Sie ging zur Theke und begann den Boden zu wischen. Sie stellte die Stühle auf den Tisch und errichtete einen Wald von Ungemütlichkeit, öffnete dann die Tür und ließ die Regenluft in das muffige Zimmer strömen.
Die Schramme glühte, aber er wagte es nicht, sie zu berühren. Die Stimme des Mannes schreckte ihn auf. »Los! Los!« sagte er laut. Die Blonde warf einen beleidigten Blick zu ihnen und trottete in die Küche. Man hörte das Klappern von Geschirr und das Brutzeln des heißen Fettes.
»Wie alt bist du?« sagte der Mann nach einer Weile. Es klang nicht nach einem Verhör, aber die Frage wollte dennoch beantwortet sein.
»Siebzehn«, sagte er.
Das Mädchen stand mit einer brodelnden Pfanne vor dem Tisch.
»Den Speck haben Sie vergessen«, sagte der Mann. Das Mädchen seufzte und schleppte die Pfanne wieder in die Küche. Schubladen wurden auf- und zugeschlagen, Geschirr klapperte, und wenige Sekunden später erschien sie wieder.
»Keinen Speck mehr«, sagte sie.
»Und was hat der Eisschrank sonst noch zu bieten?« sagte der Mann.

Das Mädchen war verzweifelt.
»Was heißt hier Eisschrank? Alles ist im Keller. Und der Wirt hat den Schlüssel, aber er ist nicht da.«
»Der Wirt?«
»Nein. Ich meine: beide. Der Wirt und der Schlüssel.«
»Und wo ist der Tee?«
»Ich hab noch Kaffee gefunden«, sagte das Mädchen und trudelte wieder in die Küche.
»Guter Gott!« sagte der Mann. »Guter Gott!« Er rieb sich die Hände, bevor er zu futtern begann.
Guter Gott! Er hatte diesen Ausruf bisher nur gehört, wenn es um zerbrochenes Geschirr oder um die Krankheit einer Nachbarin oder um die hohe Gasrechnung ging.
Der Mann hatte etwas Strahlendes, trotz des ledernen, fast haarlosen Schädels, und trotz der tiefen Gesichtsfurchen, die wie mit einem Rechen in sein Gesicht gerissen waren.
»Essen«, sagte er, ohne aufzuschauen. »Essen, wenns dreckig geht!«
Die Blonde stand wieder da, Tassen und eine dampfende Kanne Kaffee in der Hand haltend.
»Fleischkäse hab ich noch gefunden«, murmelte sie.
»Heißmachen! Heißmachen!« sagte der Mann. »Aber möglichst zackzack! Und nochmals vier Eier.«
Der Mann futterte weiter. Es war, als hocke eine Art eierverzehrender Moloch in ihm, ein Götze, der nach Fässern von Kaffee und Milch und Schinken und Speck lechzte und dessen Stirn in Brand und Flammen geriet, wenn der Hunger schließlich gestillt war. Aber es war keine bloße Freßgier, vielmehr die Speisung eines Energiereservoirs, eines menschlichen Wesens, das viel ver-

langte, aber alles gleich fünfzigfach zurückgab, das im Dunkel der Nacht oder sonst in einem kaum faßbaren Bereiche zu einem Riesen anwuchs, vor dessen Füßen Städte lagen, Häfen, das Meer, in das er wie in einen schwarzen Teich hineinschritt, es durchquerte und bei Tagesanbruch wieder an einem andern, fernen Strand verließ –

»Angar ist mein Name«, schreckte ihn die Stimme des Mannes auf. Er hatte eine Zigarette angebrannt, die Ellbogen aufgestützt und sah ihn aufmerksam an.

»Malaan«, sagte er.

Der Mann nickte.

»Malaan«, wiederholte er. Und nickte wieder. »Ich bin Kaufmann. Tuch. Hauptsächlich Vorhangstoffe. Bis heute abend will ich in Nantes sein. Ein weiter Weg.«

Angar zog an seiner Zigarette und guckte ihn noch immer an.

Er wußte Bescheid. Dieser wußte Bescheid. Er wußte, daß er ihn hatte niederschlagen wollen. Wahrscheinlich würde er sich nun so beiläufig erheben, hinausgehen und die Polizei rufen oder so.

»Wohin willst du – in den Süden? Fort, einfach fort?« Angar lachte.

»Ja«, antwortete er tonlos. »Fort. In den Süden.«

»Ich liebe den Süden«, sagte Angar. »Es ist alles viel näher im Süden, näher beisammen. Der Tag und die Nacht, Sterben und Leben –«

Der Mann versuchte offensichtlich, auf unauffällige Weise an ihn heranzukommen –

»Ja«, sagte er. »Viel näher beisammen.«

»Meine Frau ist Südländerin«, sagte Angar fast stolz. »Kalabrierin. Aber sie ist hier aufgewachsen.«

Er nestelte in einer Tasche, zupfte an der Brieftasche herum und reichte ihm ein Foto:
»Vor drei Jahren. Heute hat sie schon ein paar graue Haare. Obwohl wir keine Kinder haben.« Er lachte wiederum, tief und herzhaft. Dann steckte er das Bild wieder ein, lächelnd, schmunzelnd.
»Möchtest du noch Kaffee? Natürlich, warum frage ich bloß –« Er schnipste mit den Fingern.
Die Blonde hörte ihn nicht. Sie saß mit halbem Hintern auf einem Stuhl und blätterte in einer Illustrierten.
»Pst!«
Das Mädchen rollte die blauen Kugelaugen.
»Noch eine Kanne Kaffee! Und Milch!«
Malaan fühlte sich geborgen. Etwas würgte in ihm. Aber es war keine glühende Kugel, kein heißer Ball, der in ihm hochstieg, es war ein Gefühl, das er bisher nicht gekannt hatte, ein Schrei, der in ihm eingekerkert saß wie in einem eisernen, zugelöteten Behälter. Ein Hauch von Leben lag in der Luft, von wirklichem Leben, Leben, das nach gebratenen Fischen roch, oder auch nach Menschen, einfach nach Menschen, nach Lachen, nach süßem Kaffee und Zigarettenrauch, nach Ferne und Nähe, nach nächtlichen, fremden Bahnhöfen, aus denen die Eisenbahnzüge in den Morgen der Welt zogen und wieder zurückkehrten, voll Ruß, fremdem Staub und schattenhaften Reisenden mit abgegriffenen, beklebten Reisekoffern, Leben, Leben…
›Abenteuer und Mechanik‹ fiel ihm ein: die Auswanderer und die Patentbrücke, deretwegen sie alle verreckt waren. Er wollte nicht verrecken. Nicht durch Schlangenbisse, nicht durch Sumpffieber und Selbstmord und nicht durch die giftigen Blicke eines Bureauvorstehers. Giftig

»Guten Tag also.«
Draußen erhellte sich der Himmel und warf ein schimmerndes, weißliches Licht auf die Tischplatten. Jemand öffnete die Tür, und ein Windstoß fuhr herein.

war der Kaffee, den Vater am Morgen schlürfte, giftig war das Hustenmittel, das Mutter ans Bett brachte: In den Händen dieser Leute wurde überhaupt alles giftig. Ja. Er wollte irgendwohin gehen. Irgendwohin. Er wollte etwas tun, das die andern nicht taten. Er wollte verändern, irgend etwas verändern. Er würde auch Sorgen haben. Andere Sorgen. Kummer. Andern Kummer. Er würde leben. Anders leben...

Angar räusperte sich.

»Wenn du mich mal besuchen willst –« Er nestelte wieder in seiner Brieftasche, schien nach einer Karte zu suchen, fand aber keine.

»Wurscht. Wenn du mich besuchen willst, dann komm einfach.« Er schien bereits vergessen zu haben, daß er keine Karte bei sich trug, und er unternahm keine Anstalten, ihm die Adresse anzugeben.

Malaan hatte sich erhoben.

»Du gehst also weiter? In den Süden?«

»Ja«, sagte er. »In den Süden. Aber ich muß noch einmal zurück.«

»Pech.« Der Mann lächelte und sah ihn strahlend an. Er hatte das Gefühl, als weite sich seine Brust von Sekunde zu Sekunde, als könne er alles in sich aufnehmen, alles – als hätte alles in ihm Platz. Er hörte, wie Bäume rauschten, wie Bulldozer gegen Bollwerke stießen und wie die Bollwerke krachend stürzten, wie Flugzeuge durch die Tonmauer rasten und weltenweit verschwanden, er hörte, wie das Morgengesöff, das der Alte schlürfte, sich mit dem Tosen des Rio Grande vereinigte, wie alle hölzernen Schreibtische der Welt aufknackten, wie Mädchenstimmen flüsterten und wie über allem eine Stimme klang –

Die Monderau-Chronik

Monderau ist im Sommer ein Tal mit dem Glanz von oxydiertem Zinn – wie Neonlicht, tot und tonlos. Und doch hängt ein Geräusch in der Luft, ein radiophonischer Summton, mahnend ohne Sinn. Manche mystifizieren den Namen Monderau, er erinnert sie an den Mond; selbstverständlich rührt der Name von den Mondrauten her, eine Bergfarnart. Damals, vor einigen Jahren, hat die Privatbahn den Betrieb eingestellt, und hinter meinem Haus, auf dessen Südfront einst weinrot und dann nur mehr schattenhaft »Suvrana« zu lesen war, stapelten sich gekrümmte und von der Hitze braungedörrte Eisenbahnschwellen. Man konnte sie billig kaufen, und ich kaufte sie. Weiß der Himmel wozu. Aber ich kaufte sie. Gelegentlich wurde von einer Reisegesellschaft ein wackliger Autobus eingesetzt, und hie und da erschienen sogar Gäste, meist ältere und alte: Blumensucher, Naturfreunde, Kneipp-Enthusiasten, Rentner und sportliche Primarlehrer in Knickerbockers und in Begleitung ihrer lebenstüchtigen Frauen; auch herzkranke Juristen, Anwälte, die in der Ferienzeit ihres Gewissens nach jeder Bergblume griffen wie nach einem rettenden Strohhalm.

Gras wucherte auf den Dorfpfaden. Die schießschartigen Fenster schlossen sich in immer größerer Zahl: die Fassaden wurden blind und stumm; die zerknitterten Ansichtskarten mit dem Monderaugletscher waren bald das einzige, was sich verkaufen ließ. Zuweilen führt man Dinge weiter, bloß weil sie nicht mehr weiterzuführen sind. Zwei Jahre nach dem Tod meines Vaters heiratete ich.

Reva sprach mit einer ungeheuren Schnelligkeit. Sprudelnd, quirlend, behende wie sie selbst, hüpfend, einhaltend und gleich wieder in Bewegung. Zuweilen wurde sie unversehens still, mit einem fast puppenhaft erstarrten Gesichtsausdruck, der langsam in ein kindliches und doch gespieltes Staunen überging, in kleinmädchenhaftes Schmollen: »Mir ist übel. Ich werde ein bißchen sterben.« Dann verschwand sie in ihrem Zimmer und schien zu schlafen. Eines Nachmittags überraschte ich sie, wie sie vor dem Spiegelkästchen saß und Grimassen schnitt. Vermutlich versuchte sie ihr Gesicht zu finden. Sie fand es nie. Man kannte sie als sehr junge Schauspielerin: was immer über sie geschrieben wurde, man sprach von ihren Möglichkeiten. Sie hatte in Boulevardstücken junge Mädchen gespielt, Backfische, frühreif und in knappsitzenden Hosen; versuchsweise in zwei Filmen Prinzessinnen. Die Filme wären auch ohne sie schlecht gewesen.

Ihr wehender Rock, der leichte, sanfte Aufsprung am Bahnhof, an dem ich sie erwartete, das Wirbeln von Worten und Dingen, die wir tun könnten: all das bezauberte mich. Da sie vieles sehen wollte, blieben wir nirgends länger als zwei Tage. Einmal standen wir mitten auf dem Bahnsteig, um brüllende Kälber in Kisten zu bedauern, während der Zug schließlich abfuhr; ein anderes Mal sahen wir uns fünf Stunden lang den nämlichen Film an: Reva hatte Knieschmerzen und konnte »kaum mehr gehen«. Äpfel kosteten zu jener Jahreszeit ein Vermögen: sie sprach von den unverschämten Preisen, und ich stand um elf Uhr nachts auf, um welche aufzutreiben. Als ich ins Hotel zurückkam, saß sie in vergnügtem Schneidersitz auf dem Bett und aß einen Apfel. Sie hatte noch drei in einer Reisetasche gefunden. Schwanger

wurde sie nie. Aber es war nicht das Kind, das ihr fehlte. Kinder mochte sie so wie brüllende Schlachtkälber auf dem Bahnsteig, Filme oder vorzeitige Äpfel. Wir hatten auch später noch wundervolle Wochen und Monate zusammen, oder vielleicht war es bloß mein Entzücken, das geblieben war. Ich tat, was ein Mann für seine Frau tun kann, und ich glaube nicht, daß man mehr tun kann.
Irgendwo hatte sie eine Zeitschrift über Heimgestaltung aufgetrieben; sie strickte einen blaßvioletten Überzug für einen Fauteuil, den wir neu gekauft hatten, und ein winziges Etwas für den Griff des Teesiebchens.
Ich habe sie nie verstehen können. Reva lebte in einer Wirklichkeit, die mir fremd war. Ich erinnere mich an den Tag, an dem das Kind unseres Nachbarn, ein kleines, schwarzbezopftes Mädchen, unter der Tür des Balkons stand. Es hielt die eine Hand auf dem Rücken und streckte Reva die Linke entgegen, eine greuliche, zerrissene Puppe, aus der Watte quoll. Eins der meerblauen Augen hing an einem Faden.
»Du willst mir wirklich deine Puppe schenken, wirklich und wahrhaftig? Das ist doch nicht die Möglichkeit! Du wirst weinen!«
Sensa schüttelte entschlossen den Kopf.
»Du wirst weinen!« wiederholte Reva. Sie lag in Shorts auf dem Liegschragen, nahm die Sonnenbrille aus dem Gesicht und klappte sie zusammen.
»Ja«, sagte ich, »du wirst deine Lieblingspuppe vermissen, bestimmt. Paß auf, ich mach dir einen Vorschlag –«, dabei griff ich in die Tasche und hielt ihr ein Fünffrankenstück entgegen –: »du kaufst dir bei der alten Frau Stahl eine neue Puppe, damit diese hier nicht einsam ist. Einverstanden?«

Das kleine Mädchen schüttelte wiederum den Kopf und scharrte mit den Füßen.
»Nicht käuflich«, sagte Reva. Und zu Sensa gewandt: »Gut. Ich behalte die Puppe. Wir legen sie auf das Spiegeltischchen in meinem Zimmer, und wenn du sie wieder haben möchtest, dann kommst du einfach und holst sie, ja?«
»Sensa! Die Nase!«
Sensa ließ die Nase Nase sein und rannte laut lachend davon.
»Sie wird sie bestimmt wieder holen.«
Reva setzte die Sonnenbrille wieder über die Augen und starrte vor sich hin.
Es war Morgen. Der Himmel war blau bis zu den Bergzacken, die ihre Konturen hineinrissen.
»Sie wird sie nicht holen. Darf ich bei Frau Stahl auch eine Puppe kaufen?« Reva ahmte die Kinderstimme nach und quietschte.
»Ja«, sagte ich. »Vier Stück. Und eine Trillerpfeife für mich.«
Ich ging hinaus.
Der Bus mußte jeden Augenblick bei der Post anlangen, und ich hatte ein älteres Ehepaar abzuholen: Stammgäste, die aus unerfindlichen Gründen glaubten, ich sammle Briefmarken; bei jeder jährlichen Begrüßung überreichten sie mir einen Umschlag mit argentinischen Postwertzeichen und verwickelten mich in philatelistische Diskussionen.
Auf dem Weg stapfte mir Vaelar entgegen, steif, hochaufgerichtet und mit überstramm zurückgezogenen Schultern. Er hielt ein Metermaß in der Hand und blieb erst stehen, als ich an ihm vorbeigegangen war. Da er mit

dem halben Dorf verwandt und verschwägert ist und über achtzig Jahre zählt, genießt er den Ruf eines Patriarchen.
»Die Eisenbahnschwellen...« Er wandte mir noch immer den Rücken.
»Ja?«
»Ich werde sie holen.«
Er sprach seit Monaten davon; er erschien zuweilen in meinem Garten, betrachtete die zerklüfteten Balken, wog und schätzte mit den Augen und marschierte dann wieder stumm davon.
»Hol sie oder hol sie nicht«, sagte ich. »Es ist gleichgültig.«
»Deine Frau –«
»Meine Frau –?«
»Sie sitzt auf dem Balkon –«
»Ja?«
»Auf dem Balkon«, wiederholte Vaelar. »Halbnackt.« Dann stapfte er weiter.

Zwei Wochen später fiel mir Sensas Puppe wieder ein. Reva starrte mich verständnislos an.
»Sensa. Hat sie ihre Puppe wieder geholt?«
»Natürlich nicht. Ich hab sie weggeschmissen.« Sie fragte, weshalb ich früge.
»So. Bloß so. Es fiel mir so ein.«
Sie wandte ihr Gesicht wieder der Illustrierten zu. »Es war eine Geste«, sagte sie, ohne aufzuschauen. »Die Puppe war zerschlissen. Aber es war eine Geste.« Sie hielt das lässig geknickte Handgelenk über die Stuhllehne und schmatzte eine Birne.
»Natürlich«, antwortete ich. »Natürlich.«

»Oder hab ich wieder etwas falsch gemacht, o Gott!«
»Nein. Natürlich nicht.«
»Berge.« Sie schnaubte in die Zeitung. »Berge.«
»Natürlich«, wiederholte ich stur. »Natürlich.«

Dann kam der Abend, an dem der Ingenieur auftauchte. Sein kurzgeschnittenes Haar war auf der oberen, rechten Kopfhälfte gepappt und gescheitelt, und er trug eine amerikanische Intellektuellenbrille. G. Thiesing, dipl. ing., las ich auf dem Etikett seines crémefarbenen Koffers. Er versuchte, selbstverständlich und nüchtern zu sein, und steigerte beides bis zur Affektiertheit; er erkundigte sich nach »einem ausgezeichneten Zimmer mit Blick auf die Berge« – als ob es nicht ringsum Berge gegeben hätte! Dann wählte er das teuerste, obwohl ich den Preis willkürlich um ein Drittel erhöht hatte.
»Scheußlich«, sagte ich beim Abendbrot, das wir in der Küche einnahmen. Die beiden Stuben- und Serviermädchen klapperten mit Schüsseln und Tellern hinaus und herein. »Einmal in seinem Leben möchte man so langweilig sein wie dieser Thiesing.«
»Möchtest du?« fragte Reva sanft. Sie gähnte, erhob sich mit einem Ruck und ging hinaus. In der Vorhalle traf sie selbstverständlich auf Thiesing, der eben aus dem verödeten Speisesaal kam und sich in sein Zimmer zurückziehen wollte. Er begann ein lautes Gewäsch, das spontan klingen sollte, irgendein Exkurs über die Höhen der kanadischen Berge. Es waren lauter Zahlen, die er so oft wiederholte, bis sie sich schließlich für den Zuhörer zu addieren begannen. Er war offensichtlich beeindruckt von diesem zierlichen Wesen, das sich auf Gletschertouren wagte.

Ich stand hinter der Küchentür, trocknete unaufhörlich die Hände und horchte.
So wie ich Thiesing heute sehe, gehörte er zu jenen Männern, die eine Frau jahrelang mit ihrem Geleit beehren, sogar ihren Gatten unterstützen, im richtigen Augenblick aber doch auf der Seite der Frau stehen. Sie werden nicht geliebt. Nie. Aber ihre Beharrlichkeit wirkt wie umhegende, männliche Stärke. Thiesing war der personifizierte wissenschaftliche Dummkopf, und seine Lippen waren so dick und ungeformt, daß ich seine Rechnung allein deshalb um einiges erhöht hätte. Er gefiel. Er mußte gefallen...
Ihre Worte wurden vertrauter, allgemein zwar, aber dennoch mit jenem nicht zu überhörenden Ton von Einverständnis und Sympathie. Ich fühlte ihr vorgestrecktes Knie, ihre sanften, zierlich ausgebuchteten Beine: wir beide fühlten sie, Thiesing und ich. Ihre Stimme sprudelte auf, dehnte die Silben, senkte die Melodie, verzog die Vokale und quirlte wie zerspringende Kohlensäurebläschen wieder empor. Mit jeder kleinsten Wortdehnung sah ich, hinter der Küchentür stehend, auch die Wandlungen ihrer Gesichtszüge: die schnuppernd aufragende, ziselierte Nase und die Augen – diese starren, milden Weibchenaugen.
Noch immer stand ich da, trocknete mechanisch die Hände und rieb mit dem Schweiß das Geschirrtuch feucht.
»Die Monderauroute ist die schönste«, sagte Revas Stimme. »Sie ist ganz einfach sagenhaft. Saaaagenhaft.«
»Ja«, antwortete Thiesing. Als wisse er Bescheid. Jaja. Auch er hatte Reisen hinter sich. Wissenschaftliche. War

in Persien gewesen, hatte den Libanon gesehen und mit Spezialbewilligung – *wissenschaftlicher* Spezialbewilligung natürlich – eine Reise durch die Krim unternommen. Erdölvorkommen: hoch überschätzt! Die Russen spazierten dort in Pyjamas am Strand herum. Sehr ungebildet, die Russen. Er hatte von Dostojewski gesprochen, und die Leute hatten kaum eine Ahnung gehabt.

Das war ein Treffpunkt. Reva kannte den ganzen Dostojewski.

Sie lachte quirlend: »In Pyjamas? Nicht einmal ›Onkelchens Traum‹?«

»Nicht einmal ›Onkelchens Traum‹ «, wiederholte Thiesing und stimmte beglückt in ihr Lachen ein.

Ich kam mir lächerlich vor, ich hatte ebenfalls keine Ahnung vom Traum jenes Onkelchen, und manchmal – an warmen Sommerabenden – saß ich in Pyjamahosen auf einem unbewohnten Gästebalkon. Thiesing räusperte sich.

»Ich werde Sie wecken morgen früh«, sagte Reva. »Kurz nach vier.«

Sie verabschiedeten sich.

Reva schritt geschäftig und penetrant pfeifend in den Speisesaal, gab dort ein paar überflüssige Anweisungen, ging dann in den Keller, rumorte und klapperte in der Gerätekammer, trippelte wieder treppauf und verschwand mit einem Summen, das wie Flüstern klang, in unserem Schlafzimmer.

Ich stand noch immer hinter der Tür, als hätte man mir befohlen, dort zu warten: zwischen Abwasch- und Speiseresten, Küchenschemeln, Töpfen, Pfannen. Vor der Tür begann diese Welt mit veltlinerfarbenen Vorhängen, die einen Asthmatiker in Zustände bringen konnten: da waren die zerfasernden Korbstühle, die Reproduktionen von Segantinibildern, die Kokosläufer und Tischdecken, ein philatelistisches Ehepaar, das auf mein Erscheinen lauerte, und draußen – draußen gab es nichts als rote, lärchennadelbedeckte Waldwege, Fichten und Föhren, Lichtungen, Mooshalden, zerspellte Baumstämme, faulige Strünke, Heidelbeergesträuch, Tannen und Tälchen, gekrümmte Eisenbahnschwellen.

Ich ging ins Schlafzimmer. Sie hüpfte ohne Wohllaune umher, unterzog sich tausend Prozeduren mit untötbarem Ernst, das Trikot knapp über die Schenkel gespannt. Ich setzte mich auf die Bettkante.

»Der Ingenieur da unten...« Meine Beiläufigkeit war heiser.

»Ich habe ihm eine Gletschertour versprochen, auf einer ungefährlichen Route. Er ist sehr gebildet. Und harmlos.«

Ich hätte keine leere Konservenbüchse für seine Harmlosigkeit gegeben und noch weniger für das Gegenteil.

Reva war zu Ende mit ihrem Ritus. Näpfchen lagen umher, Wattebäusche, Pinzetten, halbausgedrückte Tuben. Sie zog den Pyjama über, griff nach Zigaretten und einem Buch. »Noch ein Häppchen lesen.« Sie glättete die Leintücher, räkelte und versenkte sich.

»Was auch immer geschehen mag –«, sagte meine Stimme.

»Verzeihung?«

»Was auch immer geschieht...«

»Sei nicht kindisch.« Ihre Lippen ließen die Andeutung eines Kusses vernehmen. »Bin ich ein Flittchen?«

»Hab ich das gesagt?«

»Es klang so.«

»Es konnte nicht so klingen«, sagte ich.
»Also.«
Zwei Stunden später brannte ihr Nachttischlämpchen noch immer. Ich erwachte und hörte, wie sie das Buch zusammenklappte und gähnend das Licht löschte. Ich fühlte das tastende Strampeln der Glieder; ein Ellbogen lag auf meiner Schulter, und ihr Atem kam zu mir herüber.
Ich glaube nicht, daß sie in dieser Nacht noch einmal schlief. Später erhob sie sich, raffte ihr Kleiderbündel zusammen und verließ das Zimmer. Dann hörte ich ihre Schritte auf dem Stockwerk über mir. Ich horchte, bis die Zeit selber hörbar zu werden schien. Stimmen wisperten, Holz knackte: im Haus sammelte sich wie in einer Halle das Echo, wie in einem nächtlichen Garten, dessen bizarre Äste, Früchte, Blätter und Blumen mit Silberchrom bepinselt waren: schwarzweiße Kontraste und grelle Punkte: Schreien, Stöhnen und gekrallte Fingernägel. Thiesings Gesicht tanzte in meinem Gehirn wie in einer Schuhschachtel, Revas süßlicher Theatergeruch wehte um mich; schnörkelige Girlanden rankten und wucherten, Tage platzten wie Magnesiumbirnen, und Gefühle glitten als Unschlitt aus einem aufgeschlitzten Kaninchen und fielen plumpsend in einen rostigfeuchten Eimer.
Draußen kündigte sich das steife Blau des kommenden Morgens an. Föhnwolken staffelten sich über den Himmel, und der gleißende Stahl eines Flugzeugs stach herunter.
Sichere, leichte Schritte waren auf der Treppe und die dumpferen eines Mannes.
Die beiden kehrten nicht mehr zurück.

Der Tumult begann. Fahndungsbeamte erschienen, renommierte Seiltouristen aus England und Australien, ein rothaariges, hageres Geschöpf, das sich als Thiesings Schwester ausgab und völlig ungerührt seine Siebensachen abschleppte, wobei ich ihr noch eine Rechnung überreichte. Es gab Schreibereien hin und her, während zwei, drei Tagen taten sich Illustriertenreporter in der Hotelbar wichtig.

Das Ganze war zu einem Handel geworden. Was mich noch bewegte, lag oben, oben bei den Fläschchen, Scheren und Wattebäuschen, bei den Röcken und Briefen –: das Entsetzen war umgestülpt, umgedreht, abgewürgt, entflogen. Dieser Tod war eine Sache, die nicht mehr mir gehörte. Der Lärm verebbte schließlich als Dorfgemunkel; einzelne grüßten nicht mehr oder schoben im Vorübergehen den Berglerfilz in die Augen. Stammgäste begannen fernzubleiben und bestätigten den Ruin. Zwar schüttete der Staat einige Subventionen aus; doch es reichte nicht weiter als zur Bezahlung der Köchin, die seit Urdenken als menschlicher Bestandteil in der Küche herumklapperte. Nach Monaten verschenkte ich auch Revas Wäsche und Röcke an die beiden Stubenmädchen. Einmal erhob ich mich und ging hinaus: eines der Mädchen huschte in Revas Seidenhemd über den Korridor.

Das Coramin schmeckte bitter und mulmig. Seit dieser Nacht ist mein Herz in Ordnung. Ich bin sogar ziemlich sicher.

Tag für Tag stieg kupferschimmernd die Sonne und wuchs über Gipfel und Täler, Vorfrühlingsluft flirrte über die Heizung, und an den Scheiben klebten noch immer Eistränen.

Scharen von Bergdohlen stoben auf. Das erste Krachen, das durch die Luft bebte und von den Felswänden zurückgeworfen wurde, war der Auftakt: es sollte den ganzen Sommer über anhalten. Detonationen zitterten aus allen Himmelsrichtungen durch das Dorf: Erde, Steine, Grasfetzen und Wurzelstücke spritzten wie schwarze Fontänen auf. Gerüste stiegen an; Mauern wuchsen: mitten im Dorf an der Caar, in den Seitentälern und unterhalb der Garuhügel. Camions schleppten Ziegelladungen über die Pässe, T-Eisen, Röhren und Zementsäcke. Der aufgewirbelte Staub wolkte tagelang auf den Straßen. Bagger rissen gefräßig Geröll aus dem Boden, und am Waldsaum wütete ein Bulldozer gegen Tannen; sie kreischten in den Wurzeln und krachten die Halden hinunter, begleitet von grellen Warnungsschreien... Die Dorfbewohner standen unter ihren Türen und sahen schmallippig auf die hektischen Fremden.
Bückte man sich, um seine Schuhe zu knüpfen: schon standen Männer in Stiefeln da und steckten Baugelände ab. Bauern oder Besitzer kleiner Flurstücke und Landparzellen saßen im Sonntagsanzug mit fremden Herren in den Veltlinerstuben und schrieben mit steilen Buchstaben ihren Namen. Wenige Tage später tauchten jeweils Leute auf, Geometer, Arbeiter, umrudelt von Dorfkindern in neuen Schuhen und frischen Schürzen.

An einem Herbstmorgen dieses Jahres erschien Vaelar vor meinem Tisch, hervorgestampft aus dem Boden des Souterrainzimmers.
Er stand mehrere Minuten auf demselben Fleck, schien auch den Kopf kaum zu rühren, denn die Punkte hinter den kümmerlich eingedrahteten Brillengläsern standen

während der langen, stockenden Erzählung still. Er hielt die eine Hand auf die Stuhllehne gestützt, die andere in seiner Jacke vergraben. Er stand da, bewegungslos wie der Hirte, der seinen Standort erst wechselt, wenn die Äste ihren Schatten woanders hinwerfen, und guckte auf die Unordnung: kleine Drahtstücke zwischen Papieren und Bleistiften, Rechnungen, Dossiers und zerrissenen Skifellen. Dann wieder sah er mich an, sah geradenwegs durch mich hindurch, als sei ich eine Art Gespenst. Er stand da, redend, während unter seinen ausgelaugten Schuhen kleine Rinnsale hervorkrochen und sich dunkel und rasch ins Parkett einfraßen.

»Die halbe Straße ist aufgerissen«, sagte er. »Die halbe Straße und der ganze Dorfplatz. Die Wasserleitungen waren intakt, soweit einer zurückdenken kann, und nun –«

»Gewiß. Ich weiß. Ich weiß das alles. Aber davon willst du ja eigentlich gar nicht sprechen.« Ich fingerte an einem abgeschraubten Türschloß herum. Nachdem das letzte Bett und Zimmer auf Vorbestellung besetzt war, von Deutschen hauptsächlich, hatte ich nun mit den notwendigsten Reparaturen begonnen: Tapeten, defekte Lichtschalter, verstopfte Siphons, abblätternde Bemalungen.

Vaelar redete gleichmütig abgehackt, während ich selber ziemlich nervös wurde. Nicht der Erzählung wegen: das Telefongeklingel unterbrach uns immer wieder. Der Apparat befand sich hinter mir, auf dem Fußboden, zu dem ich mich dauernd bücken mußte. Die Anrufe kamen aus dem Dorf oder aus den städtischen Reisebureaus, dann wieder war es ein Hausgespräch. Es gab immer neue Unterbrechungen, und wenn sie zu Ende waren, schien es mir fraglich, ob Vaelar geschwiegen hatte oder mit seiner Rede vorangekommen war. Ich hatte ihn zuerst bitten wollen, doch auf den Kokosläufer zu stehen, damit der Boden nicht versaut würde, aber er stand da und redete vor sich hin.

»Die Kleider –« sagte er, »vom Gletscherwasser etwas zerfressen... Aber man kennt sie noch. Wenn man sie gekannt hat, meine ich. Von ihr sah man bloß einen Arm, ein Stück Wolle oder Stoff. Und eine Uhr.«

»Eine Spera-de-Luxe«, sagte ich. »Mit schwarzem Zifferblatt.«

»Vielleicht. Den Mann – den kennt man sofort.«

Vaelar drehte die Sitzfläche des Stuhls gegen sich und setzte sich rittlings. Er folgte mir mit seinen Blicken, als ich zur Tür ging.

Ich blieb im Korridor stehen, rauchte eine Zigarette und kam dann wieder herein.

»Eigentlich spielt das keine Rolle mehr«, sprach Vaelar weiter. »Tod macht sauber. Fast alle, die aus dem Eis kommen, sehen gut aus. Eis konserviert. Schnee auch. Während des Krieges fanden wir einen; oben bei der Grenze. Einen Deutschen. Die Partisanen hatten ihn erwischt. Er war mit einem Bajonett mitten durch den Mund in einen Felsenriß genagelt, und das Querstück steckte wie eine Pferdekandare zwischen seinen Zähnen. Er war hohlwangig und barfuß, und eigentlich sah er gut aus, wie er so dastand in der Schneewehe. Einige Monate später war er weg. Vermutlich hatten sie ihn geholt, damit es keine Scherereien mit der Partei gäbe oder so, ich weiß nicht –«

Ich nickte.

»Tod macht immer sauber«, wiederholte er hartnäckig.

»Sie liegen unterhalb der Gletscherzunge. Da, wo früher die Sommerhütte stand. Vermutlich fielen sie durch die obere, rechte Spalte, gleich bei der –«
»Das ist heute gleichgültig.« Ich hätte ebensogut sagen können: Man wirft Briefe in einen Briefkasten, und schließlich holt sie jemand ab; auch das hätte ich sagen können...
»Ich wußte nicht, daß es gleichgültig ist –––«
»Es ist gleichgültig. Heute ist es gleichgültig. Heute –«
»Schluß«, sagte er. »Schluß. Deswegen bin ich gekommen. Schluß!«
»Deswegen? Du solltest zur Polizei gehen damit –«
»Polizei? Bin ich ein Verbrecher?« Vaelar guckte mich voll Abscheu an.
»Verbrecher gehen gewöhnlich nicht zur Polizei.«
»Man mag hier keine Geschichten«, sagte er barsch. »Du stammst aus diesem Dorf. Du schuldest dem Dorf alles.«
Ich hätte ihm sagen können, daß ich dem Dorf nichts schulde, nichts, und daß mir das Dorf gestohlen werden könne, oder verkauft, wie man es schon überall tat. Heute. Morgen. Jederzeit.
Er wies die angebotene Zigarette zurück.
»Ein guter Sportsmann raucht nicht«, sagte er kalt; Vaelar hatte 1902 das Sechstagerennen in New York gewonnen; wie viele Leute meiner Gegend war er weitgereist.
»Natürlich«, sagte ich. »Ich vergaß.«
»Man sollte nie vergessen.«
Es war vor allem sein Entschluß, der feststand.
»Zwei Rucksäcke genügen. Und ein Jutesack für den Notfall.«

Er legte den Stock auf meinen Schreibtisch, nahm ihn wieder in die Hände und begann in den Rinnsalen zu kritzeln.
»Es ist dringend.« Er nahm die Brille aus dem Gesicht, blinzelte mich an und trat an das kleine Fenster.
Die oberen Berghänge lagen schneeverschmiert.
»Wohin?« sagte ich. »Wohin damit?«
Das Telefon begann wieder zu schrillen; ich schob es mit dem Fuß zurück.
Wir gingen hinaus.
Ein Streifen Blau lag über den Bergen, schmal und umhüllt von Wolken. Zur Linken stapelten sich die Eisenbahnschwellen; rechts waren die halbmannsgroßen Mülleimer.
Vaelar blieb stehen, als versuche er die Inschriften auf einem Monument zu entziffern. Er hob einen Deckel: Sardinenreste, aufgeschlitzte Konservenbüchsen, Brotrinden, Zigarettenstummel, feuchte Zeitungen und Gemüseabfälle. Die Kübel waren bis zur Mitte gefüllt.
»Sie werden morgen abgeholt. Jeden Dienstag und Freitag«, sagte ich.
»Früher oder später wird alles zur geweihten Erde«, sagte er. Sein Stockende schlug gegen die dröhnenden Mülleimer. »Caflisch wird mir den Jeep leihen.«
Ich nickte.
»Um zehn«, sagte er.
»Um zehn.«

In der Wellblechgarage ratterte der Motor.
Vaelar stand an das Tor gelehnt. An seiner Rechten baumelten zwei leere Rucksäcke. Ich band die Stöcke und

Skis auf den Jeep und legte die beiden Schaufeln hinter die Sessel.
Wir fuhren los. Zuerst auf der Hauptstraße; später bogen wir zum Höhenweg ein, der Buslinie entlang, zwischen Alpweiden, Heuschobern und schwärzlichen, abgewetzten Föhren. Der Motor summte, und unsere Achseln berührten sich immer wieder in den Biegungen und Kurven.
Er sagte etwas, aber ich konnte ihn nicht verstehen. Weit unter uns, am dritten Garuhügel, leuchteten die Fenster der neuen Häuser.
Nach einer halben Stunde führte die Straße abwärts. Wir schlitterten einige Male, fuhren im Dunkel eines Tannentunnels, und es wurde wieder heller.
Wir waren am Ende der Schneise.
Südöstlich lag der Monderau. Weißschimmernd, gleißend wie Protuberanzen einer ungeheuren Energiequelle, die sich in sinnlosem Neonlicht verschleuderte.
Wir hielten. Vaelar legte Schaffelle über den Kühler. Dann stiegen wir den Hang hinunter, brachen zuweilen in den glastigen Schnee ein, stocherten und zogen die Füße wieder heraus. Unten schnallten wir die Bretter an.
Nach einer Stunde ging die Talebene in den steilen Hang zum Gletscher über. Das Neonlicht war überall; hinter uns, vor uns, überall. Doch nie bei uns. Wir banden Felle unter die Bretter, und später fühlten wir die Skispitzen kratzend über Steine fahren. Seitlich vernahm man das unterirdische Glucksen der Gletscherbäche.
»Setz dich!« Vaelar breitete seine pelzgefütterte Jacke aus.

Zehn Schritte von mir entfernt begann er zu schaufeln. Es hatte keinen besonderen Klang: ähnlich dem Zusammenwischen verklebter Kiesel oder feuchter Holzspäne. Zweimal benutzte er die Schaufel, um Festgefrorenes abzuschlagen.
Ich legte mich langhin. Zuweilen erschien der Mond. Ich dachte an ein Stück Käse. Falls die Menschen dort landen würden, konnten sie kaum appetitlicher wirken als Fliegen.

Der Rückweg war kürzer. Vaelar schliff in langen, gleichmäßigen Skischritten voran; er hielt die Stöcke in der freien Linken, in der Rechten den schweren Jutesack.
Wir erreichten den Hang und kletterten zur Straße hinauf. Nur einmal hatte ich einen Blick zurückgesandt...
Die Toten stehen immer härter und dichter hinter uns, als wir zugeben. Sie stehen so hart und nahe hinter uns, daß wir sie gar nicht erblicken, wenn wir zurückschauen.
Mir tat der Rücken weh. Die Eiskruste auf der Straße klang, als breche man die hörnernen Zähne aus einem Kamm.
»Kannte man sie noch?«
»Sein Gesicht«, antwortete er. »Wie ich schon sagte.«
»Natürlich«, sagte ich. »Natürlich.«
Wir waren an der Kreuzung angelangt.
Die Fenster der ersten Neubauten glommen unter uns. Musik schrillte, und man hörte das Lachen und Plappern von Stimmen. Tanzende Paare glitten hinter den Vorhängen vorbei. Eines der Fenster wurde geöffnet. Leute lachten zwischen Vorhängen einem Mann zu, der auf dem Fenstersims balancierte.

»Gäste«, sagte Vaelar.
Der Betrunkene sprang unter gespielten weiblichen Schreckensschreien hinunter und hopste umher.
»Das hätte ihr gefallen.«
»Ja«, sagte ich. »Das hätte ihr gefallen.«
Wir fuhren weiter.

Vaelar stellte den Jeep in die Wellblechgarage; wir schritten zu meinem Haus, tappten durch den Vorgarten und blieben vor den Mülleimern stehen.
Er hob die Deckel von den Eimern. Dann ließ er den Inhalt der Rucksäcke kollern.
»Ein bißchen Erde darüber.« Er stach hartgefrorene Schollen aus dem Boden und stopfte sie in die Mülleimer; ich schloß den Deckel, und Vaelar hielt meinen Arm fest; er faltete die Hände, die Augen auf die Kübel gerichtet, und redete vor sich hin, raunend und in greisenhaftem Diskant.
Oben, im Mädchenzimmer, wurde Licht angebrannt.
Wir schwiegen und warteten. Der alte Mann flüsterte etwas von Auferstehung.
»Ja«, sagte ich. »Gewiß.«
Vaelar schulterte die Schaufeln, blieb vor den aufgestapelten Eisenbahnschwellen stehen und berührte sie mit der Hand.
»Ich werde sie mit dem Karren holen.«
Es ging gegen Morgen.

Später ließ ich eine Neonschrift über dem Eingang anbringen: der Name geisterte und erlosch auf dem regenverwaschenen Verputz, schäbig tagsüber, aber attraktiv im Nachtdunkel, wie die auf- und zuklappenden Eulenaugen der Dorfbewohner erkennen ließen. Der Baulärm verstummte. Der Himmel wurde eisengrau, und eines Morgens begann der Schnee zu fallen. Die Häuser verschwanden im Weiß wie Kinderbauklötzchen in Bettkissen.

Tod eines Fohlens

Donnerstag war er zwölf Jahre alt geworden. Im Anfang war es ein Tag wie alle anderen gewesen – ein Tag mit dem langen Schulmorgen, mit den quälend rückenden Stunden. Nachts wußte er, daß sich nun vieles ändern würde.

Ziemlich groß für sein Alter, sagten die Leute, die zu Besuch waren und im Augenblick nichts anderes zu erzählen wußten. Und meist wußten sie dann überhaupt nichts mehr zu erzählen, wenn er ein paar Worte gesagt hatte, stockend, anstoßend und mit einem ihm schon gewohnten Würgen. Sie sprachen gleich wieder von seiner Größe und erwogen mit auf- und abpendelnden Armen, wie groß sie selbst in diesem Alter gewesen, und schließlich pflegte jemand festzustellen, die heutige Generation sei überhaupt großgewachsen. Als alle dieser Behauptung zugestimmt hatten, erstarb jedes ihn betreffende Gespräch bald wieder. Gäste, die etwas wendiger waren, gebildeter, redeten von Akzeleration und erörterten dieses Thema; andere erkundigten sich schlagfertig nach Schule, Noten und Lehrern, wobei sie bei jeder Namensnennung die Stirne krauszogen und angestrengt nachdachten, als bestünde die Möglichkeit, dieser oder jener Lehrer habe zu ihrer Zeit Unterricht »in Geographie oder so« gehalten. Beide, Vater und Mutter, waren froh, wenn er das Zimmer wieder verließ, nicht eigentlich seinetwegen: es war vielmehr der Sprachfehler, dessen Erwähnung oder Beachtung ihm einen Minderwertigkeitskomplex hätte eintragen können. Davon sprach man oft: von Minderwertigkeitskomplexen. Ihm selbst war

die schwere Zunge ziemlich egal; er begriff die verhaltene Aufregung nie recht. Er kannte Kinder, die leicht schielten, blöd waren oder sonst etwas Verbogenes hatten.
An jenem Abend, an dem sich vieles ändern sollte, waren irgendwelche Leute zu Besuch. Man trank Tee, aß Streuselkuchen und füllte das Zimmer mit Rauch. Er haßte Streuselkuchen. Er haßte Streuselkuchen noch viel mehr als die Begrüßung der Gäste, denen man auf Befehl die Hand reichen mußte. »Das ist Tante Tamy«, hieß es. Und entrüstet: »Aber du wirst doch Tante Tamy noch kennen? Vorletztes Weihnachten hat sie dir das schöne Stoffzebra geschenkt.«
Er erinnerte sich nicht entfernt an ein Stoffzebra, grinste aber verlegen und kopfneigend. Die Dame, Tante Tamy, saß in sandfahlem Kleid mit welken Spitzen da und lächelte mild. Ihre Hände spielten mit einem Amulett, das an einer Silberkette über dem rindfleischroten Ausschnitt hing. Sie verstärkte ihr Lächeln durch unaufhörliches, taubenartiges Nicken, das sie auch beibehielt, als sie sich endlich vom Stuhl erhob. Das Nicken mußte wohl sehr ermüdend sein.
»Tante Tamy hat dich, als du noch ganz klein warst, jeweils spazierengeführt und du wolltest alle, alle Namen der Tiere hören, die im Zoo waren, und von da an hast du keinen einzigen Namen mehr vergessen. Gib Tante Tamy die Hand. So ists recht!«
Es war idiotisch und beschämend zugleich.
Dann mußte er sie umarmen. Die Dame Tamy war sehr dick und roch nach Parfüm und Ziegenstall. »Da kommt sie ja auch her, ursprünglich«, pflegte Vater zu sagen. »Sie böckelt...« Ihr Gatte war weniger unangenehm: ein

enormer Mann, der die Rolle eines bloßen Begleiters zu haben schien und dauernd seine hilflosen Arme wie Pinguinflügel auf- und abfallen ließ. Dazwischen ließ er ein Husten hören, das dem Gebell der Seelöwen im Zoo ähnelte. »Das kommt vom Rauchen«, sagte Tante Tamy und hob ihr feistes Kinn aus dem rindfleischroten Ausschnitt. Später kam Tamy nicht mehr zu Besuch. Ihr Gatte erschien allein, still und beklemmt. Er erzählte von Tamy, deren Beine plötzlich gelähmt waren, und die nun den ganzen Tag in einem Lehnstuhl saß und vor sich hinflüsterte: »Wer hats gesagt? Wer hats gesagt? Wer hats gesagt?« Endlos und unaufhörlich flüsterte sie dies, und ihr Gatte wiederholte es ebenso flüsternd, wenn er von ihr erzählte. *Er* könne nichts dafür, meinte er, jedenfalls hätte er es nicht so gemeint. Immer erzählte er von ihr. Es war zum Kotzen.

Irgendwelche Leute waren also wieder zu Besuch, aßen Streuselkuchen und sprachen von der möglichen Heilung Tamys.

Er fragte sich, was es da zu heilen gab. Sollte ihr doch endlich einmal jemand sagen, wer es denn eigentlich gesagt hatte. Jemand hatte es bestimmt gesagt.

Er hörte die Stimmen und das gedämpfte Silberklappern von Teelöffelchen. Vater war noch nicht zu Hause. Er selbst saß nach dem Abendbrot in der Küche, ging dann in sein Zimmer und versuchte, während er sich auf dem Teppich hin und her wälzte, jede Einzelheit in Erinnerung zu rufen. Nachmittags war er auf der Pferdefarm gewesen, wo er den Stallarbeitern Zigaretten besorgte, Brissagos mit Strohhälmchen und Tabak; dafür durfte er in den Gehegen und Stallungen herumstreunen.

Diesmal war er dazugekommen, wie eines der Fohlen die

Umzäunung zu überspringen suchte und dabei in den zersplitternden Latten steckenblieb. Schließlich hatte man das rostfarbene Fohlen in den Stallvorhof transportiert; der Stallbesitzer war in Begleitung eines köfferchentragenden Tierarztes erschienen, und die beiden besprachen kniend, was zu tun wäre. Einer der Knechte ging zum Wohnhaus hinüber und kehrte mit einem doppelläufigen Gewehr zurück. Der Tierarzt kniff bedauernde Falten, fummelte am Abzugshahn und befahl zurückzutreten. Dann schoß er.

Das Pferd schien sich noch einmal erheben zu wollen, aber es schien nur so. Ein sanftwelliges Zittern fuhr über das Fell, und der Tierarzt untersuchte die Einschlagstelle. All dieser Dinge versuchte er sich zu entsinnen: was der Arzt gesprochen hatte und was der Besitzer zur Antwort gab, oder wie das Fohlen glotzte und atmete. Es hatte auch gewiehert. Daran erinnerte er sich...

Später verließen die Gäste das Haus und erhoben draußen im Vorgarten noch einmal die Stimme, als hörten sie die wirklichen Neuigkeiten erst jetzt. Endlich verließen sie den Garten und die Stahlfeder knallte das Gatter zu.

Die Hausaufgaben fielen ihm ein. Er entschied sich dafür, daß es überhaupt keine zu bewältigen gab, worauf er samt den Turnschuhen ins Bett kroch und die Leintücher eng unter das Kinn zog. Man mußte sich vorsehen: manchmal kam Mutter zu einer Art Kontrolle ins Zimmer, küßte ihn auf die Stirn und ging dann leise wieder hinaus. Er beschloß diese Inspektion abzuwarten und erst dann das Haus zu verlassen; um jeden Preis: er mußte noch einmal in die Stallungen zurück. Das tote Pferd würde gewiß noch dort liegen. Er hatte noch nie ein totes Pferd gesehen. Gleich nach dem Erschießen na-

türlich, aber da war das Pferd ja noch nicht richtig tot. Erst erschossen. Vielleicht kam er rechtzeitig, um den Abtransport zu sehen. Es ging erst gegen acht, und die Sache hatte sich kurz nach sechs abgespielt. Er schob die Leintücher wieder zurück, kauerte auf dem Zentralheizungskörper und sah hinaus.
Es regnete. Der Regen fiel endlos. Er floß in bräunlichen Rinnsalen und Bächen die Straße hinunter und floß gurgelnd und singend in die Abläufe. Von Zeit zu Zeit wurde die Gegend durch ein fahles Aufleuchten erhellt; der Sturmwind ließ die Äste der Bäume auf- und niederwogen, und die regenschweren Blätter schaukelten der Erde zu. Der Rasen vor dem Hause hatte sich in einen Tümpel verwandelt, aus dem die gelblichen Grasspitzen wie aus einem Morast hervorsahen.
Zwei Gäule zogen einen ratternden Karren vorbei, hielten an. Der Mann stieg vom Bock und warf Decken über die triefenden Pferde. Er sah sehr müde aus. Immerhin hatte er etwas zu tun, das ihm sinnvoll erschien, obwohl seine Beflissenheit ebenso langweilig wie bedächtig war: sinnvoller war es auf jeden Fall, zwei Decken über lebende Klepper zu werfen, als auf den Anblick eines toten Pferdes zu warten. Aber daran ließ sich nichts ändern. Im Augenblick interessierten ihn lebende Pferde einfach nicht. Er hörte Schritte im Treppenhaus.
Mit einem Sprung erreichte er das Bett, kroch unter die Leintücher und versuchte regelmäßig zu atmen. Die Schritte wurden lauter, kamen bis zu seiner Tür, als man draußen das Tor schnappen hörte und die Schritte auf dem Kies. Die Schritte vor der Tür hielten an, und er hörte, wie Mutter wieder umkehrte und treppab eilte. Er zögerte einen Augenblick, sprang wieder aus dem Bett

und drückte behutsam die Klinke.
Es war eine sehr große und lange Treppe, und er sah, wie Mutter unten stehenblieb, um ihre Haare vor dem Spiegel zu ordnen. Sie führte ihre Hände prüfend über die Augenlider, den Kopf etwas zur Seite biegend, und strich mit einem Finger über die sehr scharf und genau gezeichnete Oberlippe. Sie guckte im Spiegel über ihre eigene Schulter hinweg, da sie wohl Vater im Wohnzimmer stehen sah. Sein tropfender Trenchcoat hing über dem Pfosten des Treppengeländers.
»Ich konnte nicht früher kommen.« Vaters Stimme dröhnte, als gelte es, einen Radiosprecher zu überbrüllen. »Maar ließ mich mehr als eine halbe Stunde warten.«
Mutter gab eine Antwort, aber sie sprach zu leise.
»Was?« Vater lärmte. »Wozu? Wie kommst du auf die Idee? Ich – nicht im Traume. Ich denke nicht daran. Nicht im Traum denk ich daran.«
Mutter schien ihre Worte zu wiederholen, denn er rief: »Erfolg, Erfolgerfolgerfolg – man kann das nicht in drei Worten beantworten.«
»In vier«, sagte Mutter hartnäckig. »In vier Worten.«
»Auch nicht in vier.«
»Du hast also nichts erreicht.«
Vaters Lärmen begann von neuem. Er hatte nichts erreicht.
»Maar sagt, er möchte zwar gerne, aber er könne im Augenblick nicht. Schließlich habe er Frau und Kinder. Vermutlich sein einziges Verdienst: Frau und Kinder.«
»Es ist unfaßbar«, sagte Mutter. »Einfach unfaßbar.«
»Unfaßbar? Was heißt unfaßbar? Keinen Wirklichkeitssinn hast du; du hattest nie einen Schimmer von Wirklichkeitssinn. Jawohl.«

Mutter schwieg.
»Aus Brüssel kam er mit einem Dutzend Paar Halbschuhen zurück«, bemerkte sie. »Und als du ihn das letzte Mal trafst, hatte er eben einen neuen Wagen gekauft, aß Cordonbleu oder weißichwas und trank eine Flasche Pommard.«
Vater trommelte einen Wirbel auf der Tischplatte. »Ich – ich hab ihn zu einer Flasche eingeladen.«
»Du?« Mutter legte ihr ganzes Entsetzen hinein: »Du?«
»Ja. Verdammtnocheinmal –« brüllte Vaters Stimme.
»Aber du sagtest doch, er hätte dich zu einer –«
»Gut! Ich wars! Reiner Edelmut. Ich hab ihn zu einer Flasche Pommard eingeladen. Aber wozu hat er denn dich eingeladen vor einem Jahr? Ich, ich kenne eine Dame, die dieser Einladung gefolgt ist –«
»Das ist auch deine Schuld«, sagte Mutters Stimme heftig. »Das ist auch deine Schuld. Ich weiß heute nicht mehr, weshalb ichs –«
»Vielleicht fürs Geld, nicht wahr? Man ist doch die Frau eines Geschäftsmannes, nicht wahr? Arbeit und Vergnügen, nicht wahr?«
»Ich flehe dich an –«
»Lei-hei-se fleee-hen mei-heine Liiieder –« begann Vater zu singen. Dann lachte er. »Aber ich denke ja nicht im Traum mehr daran, beruhig dich schon.«
»Du wolltest, daß ich –«
»Daß du was –?« brüllte Vater. »Das du was –? Ich wollte nichts. Ich wollte nie etwas. Du wolltest etwas.« Er lachte wieder. »Du wolltest immer.«
Das Schweigen kroch nun wie eine Blindschleiche zu ihm herauf, und er setzte sich nachdenklich auf die Treppe. Ob man das Fohlen an eine Schlächterei verkaufen

würde? Vermutlich.
Unten herrschte noch immer Schweigen.
»Man sollte die Dachrinne nachsehen lassen«, murmelte Mutter. Irgendwo schlug eine Dachrinne scheppernd auf.
»Das ist wohl das Dringendste! Nicht im Traum denk ich daran. Verdammte Scheiße.«
Vater dachte wohl nicht im Traum an die Dachrinne, denn er fügte hinzu: »Der ganze Rummel mit Maar hängt mir zum Hals heraus, hörst du: zum Halse heraus.«
Er glaubte oben zu verspüren, wie Mutter fröstelte und wie Vater sich in einen Stuhl warf. Stille.
»Hab ich heute nacht eigentlich sehr unruhig geschlafen?« ließ sich Vater vernehmen. Vermutlich schüttelte Mutter den Kopf. Es war der gewohnte Anfang. Nun kamen die Fragen, auf die er gar keine Antwort wollte, oder die er im nächsten Augenblick selbst beantwortete.
»Ich bitte dich: fang nicht wieder damit an.«
»Womit?«
»Mit den Rechnungen. Mit dem ewigen Vorrechnen. Von hundert kommst du auf tausend, von tausend auf zehntausend und wenns dann nicht mehr weitergeht – dann –«
»Dann? Weiter, nur weiter – dann wird alles storniert, das willst du wohl sagen, ja? Dann wird alles storniert.«
»Ich weiß nicht, was storniert heißt«, sagte Mutter. »Aber du zählst eben alles.«
Wieder kroch das Schweigen zu ihm hinauf.
»Wie war das – das mit deinem Traum?«
»Traum?« fragte Vater angeregt. »Traum. Achso. Quatsch natürlich, aber sehr komisch. Ich verstand plötzlich nicht mehr, wovon die Leute sprachen. Ich be-

fand mich in einem botanischen Garten – ich bin zwar in meinem Leben noch nie in einem botanischen Garten gewesen, aber es war trotzdem einer. Auf den Bänken saßen – hörst du zu?«
»Freilich«, antwortete Mutter. »Freilich.«
»Auf den Bänken saßen Leute und ich wußte nicht, wovon sie sprachen.«
»Das hast du gesagt.«
»Ja, es war zum Lachen. Auf Gartenbänken saßen Leute und plapperten allerlei unsinniges Zeug, unzusammenhängend, – kurz – ich konnte sie einfach nicht verstehen.« Vater räusperte sich.
»Dann sprach ich ganz einfach mit den Blumen. Mit den Blumen! Und weißt du, wer erschien: Kramer. Ausgerechnet Kramer! Er kam mit einer Schaufel in der Hand und einer grünen Gärtnerschürze vor dem dicken Wanst und verbot mir, mit den Blumen zu sprechen: bei Zuwiderhandlung ist mit sofortiger Entlassung aus der Strafanstalt zu rechnen. Aber die Fütterung der Tiere ist erlaubt. Übrigens werden die Eintrittspreise ab morgen erhöht. Dann wachte ich auf... Was hältst du davon?«
»Ich weiß bloß, daß Kramer Kinder nicht mochte«, sagte Mutter. »Wenn er zu uns zum Nachtessen kam, hab ich den Jungen immer ins Bett geschickt.«
Sie schwiegen.
»Wozu laden wir eigentlich Leute ein, die Kinder nicht mögen, bloß weil sie selber keine haben?«
»Aber du weißt doch –« Mutters Stimme klang beruhigend und vorwurfsvoll.
Vaters Schritte liefen gedämpft auf und ab. Mit halblauter Stimme berichtete er, was Maar erzählt hatte. Diesmal war Maar zu spät gekommen, während es sonst im-

mer Vater war, der zu spät kam. Und dabei nahm er sich immer ungeheuer viel Zeit; ja, er gab sich geradezu dabei aus. Vater brachte man die Sympathie förmlich entgegen, die Leute mochten ihn, er war leutselig, einnehmend, charmant. Wenn er seine Hände auf den Tisch legte oder eine Zigarette anzündete, sah ihn jedermann an, und jedermann war beeindruckt von der Intensität, die er für einen Pappenstiel aufbrachte. Immer war er erfüllt. Erfüllt von Zahlen, die Geld bedeuteten, obwohl ihm selbst Geld wenig bedeutete, pflegte Mutter zu sagen. Er entwarf Vermögen auf einem Stück Papier, auf einem abgerissenen Zeitungsrand oder einem Bierteller und sprach so lange von den Möglichkeiten des Reichwerdens, bis Mutter lachte und ihm glaubte.

Er überlegte, ob Vater nicht am Pferdezüchten Interesse hätte. Es wäre bestimmt eine Goldgrube, wie Vater alles nannte, das andere unternahmen.

»Manchmal hab ich genug«, hörte er Vaters Stimme unten. »Manchmal hab ich genug. Man kann nichts ändern. Einer ist eine Null und ein anderer eine Million. Der Rest ist feuchter Kehricht. Realist muß man sein, sag ich immer. Realist. Man muß die Konsequenzen ziehen können, und wenn es bloß mit einem Flobertgewehr ist. Jawohl. Selbst mit einem Flobertgewehr. Lach nicht!«

»Ich lache nicht.«

»Selbst mit einem Luftgewehr.«

»Ja«, bestätigte Mutter.

Er beugte sich oben über das Treppengeländer und versuchte, die Situation zu überblicken. Wenn die Treppenabsätze nicht knarrten, dann konnte er ungehindert die unterste Schwelle erreichen. Vater erörterte eben die Möglichkeiten des Zinnverkaufs nach Korea.

»Nach Siam, hab ich zu Leuthold gesagt, ich denke ja nicht daran. Nicht im Traum denk ich daran.«
Mutter nickte wohl.
»Korea. Vielleicht. Aber das hat ja alles keinen Sinn: man-gebe-mir-ein-Luftgewehr!«
Mutter lachte. »Mal sehen, ob der Junge schon schläft – ich bin gleich zurück.«
»Achwas – er kann auch ohne dich einschlafen. Kinder schlafen wie Eichhörnchen. Ich – ich liege wach, stundenlang liege ich wach, nächtelang, und erst wenn die verdammten Amseln zu lärmen beginnen, schlafe ich ein, zuweilen. Selten. Nie eigentlich. Und dann ist es Morgen, und jeder beginnt zu klingeln, zu hupen, zu tuten und zu schubsen, jeder bläst sein Hirn in alle Windrichtungen, und am Abend soll es sich wieder besinnlich einfinden. Das ist *ihr* Tag. Meiner ist es nicht. Nicht im Traume...«
»Der Junge...« insistierte Mutters Stimme.
»Ach, der Junge, der Jungederjungederjunge – hab ich dich vielleicht deshalb geheiratet, wegen dem Jungen?«
Mutter flüsterte, und ihre Stimme tönte wie unter einem Bettkissen.
»Ich habs nicht so gemeint –« sagte Vater, zuerst rauh, dann gebrochen: »Ich habs ja nicht so gemeint.«
»Das darfst du nur ein einziges Mal sagen, *nur ein einziges Mal* –«, und wieder kam Vaters Stimme, kleinlaut: »Ich habs nicht so gemeint, genügt es denn nicht, wenn ich sage, ich habs nicht so gemeint?«
»Aber du hast es gesagt. *Wie klein du bist!*«
»Ich bin nicht klein«, hörte er Vaters Stimme. »Ich bin nicht klein. Hab ich dem Jungen nur einmal zu spüren gegeben, daß er nicht *mein* Kind ist –?«

»Du hättest dich unterstehen sollen!«
Vater lachte nun. »Ja, ich hätte mich unterstehen sollen...«
»Du verwöhnst oder verwünschest ihn – je nachdem«, sagte Mutter. »Aber Erziehung – weißt du eigentlich, daß ich zum dritten Mal Geld vermisse? In der Einkaufstasche?«
»Du bist vergeßlich und unachtsam. Was soll da – der Junge?«
»Ich weiß nicht«, sagte Mutter. »Vielleicht stiehlt er.«

Er steckte seinen Kopf zwischen die Geländerstäbe und horchte hinunter. Einmal hatte er ein Geldstück genommen. Letztes Jahr. Aber es war Geld gewesen, das auf dem Küchenboden lag, ein Zweifrankenstück, das Mutter während des Nachzählens auf den Boden gefallen und fortgerollt war, bis zur Türschwelle, bei der niemand suchte. Er hatte Zigaretten damit gekauft, aber nur zwei geraucht; die andern hatte er den Stallburschen geschenkt...
Unten hatten sie das Geld wieder vergessen.
»Du träumst zuviel«, sagte Mutter. »Du stehst dauernd auf einer Leiter, kraxelst und kletterst hinauf und hinunter. Ich brauche deinen Ehrgeiz nicht, verstehst du mich?«
»Nein«, sagte Vater.
»Du bist nicht zum Klettern geboren –« sagte Mutter sanft. »Du bist einfach nicht dafür geschaffen.«
Vater begann wieder zu brüllen.
»Dieses Klettern – das ist dein Haus, dieses Klettern – das ist dein Garten –«
»Ich brauche keinen Garten«, unterbrach Mutter. »*Ich*

brauche keinen Garten. Du *bist* du, mein Lieber, du brauchst einen Garten.«

»Ich bin ein Idylliker, das willst du wohl sagen, ja. Ich bin ein Idylliker.«

»Wir könnten neu anfangen«, sagte Mutters Stimme eindringlich. »Wir verkaufen das Haus, alles. Wir könnten neu anfangen.«

»Was soll denn das heißen: neu anfangen? Nicht im Traum denk ich daran. Und zudem sind wir verschuldet, bis hieher –« Vaters unsichtbare Hand schien irgendeine Höhe anzugeben.

»Dafür können sie uns nicht hinrichten. Dein Bankrott wäre unverschuldet, gesetzlich jedenfalls...«

»Bist du vielleicht wahnsinnig?«

»Wir könnten neu anfangen. Ich könnte wieder Klavierstunden geben!«

»Sei nicht albern!«

»Ich hab ein Diplom.«

»Unsinn.«

»Tausend Dinge könnten wir tun, tausend. Man kann alles tun heute.«

»Beispielsweise?«

»Ich weiß nicht. Eine Hühnerfarm, oder ein Taxigeschäft in einer kleineren Stadt. Einen Laden, es gibt tausend Möglichkeiten...«

»Romantik. Unsinn. Ich bin Geschäftsmann.«

»Du *bist* kein Geschäftsmann. Um Geschäfte zu machen, braucht es Initiative, Einfälle, – ich weiß nicht: vom einen hast du zuviel, vom andern zu wenig. *Bitte,* wir könnten –«

»So, kein Geschäftsmann? Keine Initiative, hm – *wer* hat vor zwei Jahren –«

»Ich liebe dich...«
»Gestern abend –«, begann Vater mit neuem Eifer, »gestern abend, als du dachtest, ich liege bloß oben und lese, da hab ich was ausgerechnet –«; Mutters murmelnde Stimme unterbrach ihn wieder: »– als wir uns zum erstenmal sahen, dachte ich: was für ein sympathischer, junger Mann. Vielleicht wird er nie erwachsen werden, aber wie langweilig sind bloß diese ›erwachsenen Männer‹, so dachte ich, und ich war fast froh, Witwe zu sein, wirklich...«

Er rückte zwei Stufen hinunter und guckte aus dem runden Korridorfenster. Aus dem Schlot der kleinen Werkzeugfabrik stieg der Rauch wie Tintenschlieren in den wäßrigen Himmel. Warum Mutter eine Witwe war, schien ihm nicht ganz klar; er beschloß, sie gelegentlich zu fragen, heute abend vielleicht, oder noch besser: morgen abend, heute war die Sache mit dem toten Fohlen... Unten erörterte Vater den Export billiger Tassen und Teller in unterentwickelte Länder.
»Wie auch immer«, sagte Vaters Stimme triumphierend, »wie auch immer: die geographisch nächsten Bedarfsgebiete sind – man muß auch die Transportkosten ins Ganze einkalkulieren – die nächsten sind, wart mal, Äthiopien und –«
»Es regnet noch immer«, murmelte Mutter.
»Äthiopien und Saudi-Arabien...«
»Du bist sieben Jahre jünger als ich.«
»Wovon sprichst du?«
»Ich bin sieben Jahre älter als du.«
»Was soll in *diesem* Augenblick dieser altbekannte Käse –?«

»Käse? Wir haben des öfteren –«
»Alter Käse, sag ich!« brüllte Vaters Stimme. »Jawohl, alter Käse. Du benimmst dich wie – wie alter Käse... Verzeih...«
»Du solltest aufhören zu klettern.« Ein Augenblick war Stille, dann sagte sie: »Ich liebe dich trotzdem.«
»Du liebst mich trotzdem, hoho! Sie liebt mich trotzdem! Sie bezeichnet mich laut und in aller Öffentlichkeit als eine Niete, als eine Null. Aber sie liebt mich trotzdem!«
»Ja«, sagte Mutter heftig.
»Bilanz: ich bin eine Niete. Ich habe dir zuviel versprochen.«
»Hör auf damit!«
»Bilanz: ich bin ein schlechter Vater. Bilanz: Ich bin ein miserabler Gatte –«
»Unsinn.«
»Du hättest deinen ersten behalten sollen, deinen ersten Mann.«
»Er ist umgekommen.«
»Aber es wäre besser gewesen... Du trägst sein Foto sogar in der Einkaufstasche –«
»Wo?«
»In der Einkaufstasche... Was guckst du mich an wie eine brütende Henne –?«
Dann schmetterte die Tür zu, wurde wieder aufgerissen und wieder zugeschmettert; dann war es still, und dann wurde die Türklinke wieder gedrückt. Er erhob sich. Mutters rasche Tritte kamen schon die Treppe herauf; er rannte in sein Zimmer und verkroch sich in den Leintüchern. Die Tritte näherten sich; langsam wurde die Klinke gedrückt, als man draußen das Gartentor ins

Schloß fallen hörte. Mutters Tritte kamen klippklipp-klipp die Treppe hinunter und liefen über den Kiesweg bis zum Gatter. Sechs- oder siebenmal rief sie Vaters Namen, laut zuerst, dann flüsternd. Aber man konnte es hören.

Sie schien den Garten nicht zu verlassen. Er erhob sich, öffnete das Fenster und beugte sich hinaus. Der Garten lag im Dunkel.

Schließlich gab er die Sache mit dem toten Fohlen auf. Kurz vor dem Einschlafen erinnerte er sich nochmals an Vaters Traum, aber er wurde nicht klug aus der Sache. Er konnte einfach nicht verstehen, wieviel Aufhebens Vater um diese Träume machte. Vermutlich gehörte das ins Gebiet der Psychologie, und um etwas von Psychologie zu verstehen, mußte man erwachsen sein. Dann schlief er.

Er träumte von Fohlen mit schwarzen, glänzenden Augen. Alle waren wunderbar tot und herrlich lebendig, sprangen über Zäune und Büsche, schmetterten funkelnde Hufe in die Luft und trollten mit dicken Ponyknien umher. Gegen Mitternacht erwachte er wieder.

Draußen schepperte das Tor, und Schritte knirschten auf dem Kies. Die Hausglocke klang schrill und laut. Er blieb liegen. Dann läutete es von neuem, länger diesmal, beharrlicher.

Er sprang aus dem Bett und rannte die Treppe hinunter. Er wunderte sich, weshalb Vater und Mutter nicht öffneten.

Im Wohnzimmer brannte noch immer Licht. Er blieb stehen, lauschte und trat unwillkürlich leise über die Schwelle.

Mutter saß vor dem Tisch und starrte auf den Teppich.

Auf dem Tisch lagen ein paar Gegenstände. Vaters Ring, seine Uhr und ein Portefeuille.
»Mutter.« Er sagte es zuerst leise und dann keuchend: »Mutter.« Aber da schrillte wiederum die Glocke. Er ging hinaus, und sein Herz klopfte, als er die Tür öffnete.
Ein Mann in dunkelgrünem Lodenmantel stand im Türrahmen und drehte verlegen seinen Hut in den Händen. Er trug Stiefel, und der Hosenstoff war von Wasser schwarz bis zu den Knien. Zwei Männer standen hinter ihm; beide hielten triefende Regenschirme in den Händen. Der eine sah zu Boden und der andere, ein jüngerer Mann mit blechumränderter Brille, starrte ihn neugierig an.
Der Regen hatte etwas nachgelassen, und man hörte, wie der Wind die Tropfen von den Ästen der Bäume schüttelte.

Der Anhalter

1

An der nächsten Straßenbiegung, wenige Schritte vor der Paßhöhe, bleibt er stehen. Es ist eine gute Straße, asphaltiert, etwas brüchig an den Rändern, ausgefranst; das mehlig gepuderte Gras wächst und wuchert vom Bord her. Er bückt sich, um seine Schuhe zu binden, und wischt mit einer schlagenden Bewegung den Staub von den Hosenstößen, tastet den durchweichten, klebrigen Hemdkragen ab und löst die Krawatte. Der rechte Ärmel der Jacke ist von der Schulter bis zum Ellbogen zerrissen: er hängt sie über Achsel und Oberarm, um den Riß zu verdecken. Auf dem bespuckten Taschentuch, mit dem er über Gesicht und Nacken fährt, sind kupferrote, bröselige Blutspuren. Er hört wieder das Klatschen der Schläge, die Flüche, fühlt das Zerren und Stoßen, das Zittern in den Kniekehlen... Er wird mit einem Male sehr müde und setzt sich oberhalb des Straßenbordes ins taufeuchte Gras.

Ja, er ist von der Stadt her gekommen, und wenn er auf die Ebene mit den dunkelgrünen, braunen und rötlichen Feldquadraten niedersieht, ist es leicht zu ermessen, welche Strecke er zurückgelegt hat, stolpernd, laufend, rennend, ohne müde zu werden oder Übelkeit zu verspüren, vorbei an vereinzelten, weißgetünchten Häusern, an Ligusterzäunen und dem stagnierenden Kanal mit den quakenden Fröschen, vorbei an allem, was die Vorstadt anhäufte vor den Kiesgruben und Sägemühlen, weiter, immer weiter die Straße entlang, die noch immer die

Hitze des vorigen Tages ausatmet, vorbei am dunklen Strich eines niedergewalzten Igels...

Die Sonne steigt aus dem dunstigen Horizont, die Gräser beginnen zu schimmern. Weit unten in der Talebene fährt ein Radfahrer und hält bei der Flußbiegung.

Bisher ist ihm der frühe Morgen unerträglich heiß erschienen: das Aufsteigen der Sonne läßt ihn frösteln. Seine Knie sind schwach und zittrig, und die Zunge scheint in Watte eingebettet; er legt die Jacke neben sich ins Gras und sucht in den Taschen nach Zigaretten. Die Streichhölzer muß er vereinzelt hervorklauben. Von weither, von einem der Bauernhäuser, sind Stimmen zu vernehmen und das Geräusch von Schlägen auf hölzerne Gegenstände. Die Schläge halten an, pochen mit dem Rhythmus des Atems in den Schläfen, er riecht das Gras und den süßlich-bittern Geschmack des Asphalts. Durchhalten; die Dinge kommen heran und kommen doch nicht... Man liegt auf einer spiegelglatten, blanken Glaskugel und versucht sich zu halten, und die Kugel dreht und dreht sich wie das Erdgeoid, flach und glatt... Bloß keine Fragen, dann gibt es keine Antworten, Antworten sind farbig, andersfarbig; die Fragen eintönig, grau. Nur Bienen vermögen Farben zu unterscheiden, sonst ist alles grau, opalesk, flach, ohne Kerben und Stufen; alles dreht sich und dreht. Was tut ein Riese, der größer ist als die Erde? Was er tut? Er versucht, nicht zu fallen, aber die Kugel dreht sich und ihm beginnt zu schwindeln. Der Riese fällt, stürzt...

2

»Du bist neun, neuneinhalb – schau mich an! –, du bist neuneinhalb, bald zehn, aber du bist größer als ein Vierzehnjähriger – schau mich an! Du sollst dich an die Blicke gewöhnen, an jeden Blick, jeden Blick sollst du ertragen, hörst du? Ich bin dein Verwandter, dein Onkel, Janeret... Napoleon hätte jeden Blick ausgehalten, auch mit einer Hasenscharte im Gesicht, schau mich an! So.« Janeret stand in seinen Latschpantoffeln vor ihm, die Hände auf dem Rücken der abgewetzten Hausjacke und das überlange Kinn vorgereckt. Es war keine sehr heldische Pose; die Hose war mit Hosenträgern bis zur Brustmitte hochgebunden und baumelte leer über seinem fleischlosen Gesäß, – Janeret hielt seine Erscheinung dennoch für soldatisch und elegant. Tagsüber saß er das Leben in einer Bank ab, an einem Schalter, hinter dem er auf einem hohen Stuhl thronte, makellos, mit weißem Hemd und blaurasierter Haut. »Napoleon hätte sie alle in Grund und Boden geschaut, förmlich in den Boden geschaut, so daß sie flach wie Omeletten geworden wären, die Scheißkerle. Aber es waren eben keine Scheißkerle, die ihn oberhalb von Golfe-Juan erwarteten, das Gewehr in der Hand, schußbereit, und da genügte sein Blick. ›Wer will auf seinen Kaiser schießen?‹ sagte er bloß.« Janeret schob seine Hand unter das Hemd und begann seine Brusthaare zu kraulen. »Wer will auf seinen Kaiser schießen? Genau das sagte er: Wer will auf seinen Kaiser schießen?« Janerets Privatzimmer, eine winzige Klause, in der man ihn im obersten Stock gewähren ließ, war mit Landkarten aller Erdteile ausstaffiert, und auf den Tapetenlücken hingen Farbfotos, Postkarten oder Reproduktionen aus Zeitschriften: eine helle Winternacht über einer schwedischen Stadt, die verwischten Lichtstriemen von Autoscheinwerfern einer Wolkenkratzerschlucht, Gärten und Brunnen von Taormina, der Jaintempel in Ahmedabad, das Menschengetümmel der Victoriastation, Dschunken, die weißen Flocken der Turbane auf einem Markt in Khartoum, der Nebel über Loch Ness, ein flatternder Taubenschwarm zwischen den Türmen einer Kathedrale. Vergilbte Papierfähnchen steckten da und dort auf einer Landkarte: – vergessene Merkzeichen von Janerets Feldzug um die Welt, die er nie gesehen hatte – ein Traum der Unermeßlichkeit von Städten und Ländern, die wie aufgespießte Schmetterlinge an den Wänden hingen... »Natürlich wollte niemand schießen, niemand dachte daran. Vive l'Empereur! schrien alle, schwenkten die Flinten in der Luft und rannten auf ihn zu. Weshalb? *Sein* Blick. Napoleons Blick. Napoleon Bonapartes Blick. Heul nicht, Trottel! So hättest du schauen müssen... So.« Janeret stolperte beim Rückwärtstreten über einen Stuhl, stemmte seine Hände links und rechts gegen die engen Wände und hielt sich aufrecht. »So!« Er fixierte eine Landkarte. »So. Und ich sage dir: diese Buben wären losgerast, glatt losgerast. Hasenscharte! Zum Lachen ist das, zum Heulen... In der Garde soll es keinen einzigen ohne Narbe gegeben haben, keinen einzigen. Sie hatten abgerissene Ohren, abgebissene Lippen, zerschossene Nasen, eingeschlagene Zähne, abgefetzte Haare, verbrannte Haut oder erfrorene Arschbacken, mein Gott, jeder hatte was ab. Jeder. Deine Narbe stammt zwar aus keinem Gefecht, aber doch aus einem Kampf: Von deiner Geburt eben, jawohl, was zum Teufel ist lächerlich an einer Scharte?

Nichts! Überhaupt nichts! Du warst ein Kämpfer, bevor du die Welt betratest, verstehst du? Wenige können das von sich sagen, ja, vielleicht bringst du diese Narbe aus einem früheren Leben mit. Absolut möglich, meines Erachtens. Hasenscharte! Schießscharte sollte es heißen, was du da hast: Schießscharte, Kriegerscharte...«

Er starb zwei Jahre später. Die Tuberkulose war im Aussterben, wie das meiste, das Janeret verehrte, und es war im Grunde nichts Erstaunliches dabei, daß gerade ihn diese Krankheit dahinraffte. Er starb in seinem Bett, wie Napoleons Soldaten in den eigenen Stiefeln gestorben waren; es war nichts Komisches daran, daß er nicht in Stiefeln starb, die er nie getragen hatte, sondern in seinem Bett. In den letzten Stunden sprach er von Ihm, von Arcole, Tilsit, Austerlitz, Wagram, Moskau, Waterloo und St. Helena, wie Er während des Rußlandfeldzugs gleichzeitig in tausend Meilen voneinander entfernten Orten gesehen und angesprochen worden war, wie Er durch pestverseuchte Hospitäler schritt, wie Goethe erbleichte und erschauerte, als er Ihn sah, und wie Er seine letzten Wochen mit pausenlosem Diktieren ausfüllte; Napoleons Bildnis hing über dem Bett. Auch er, Janeret, Napoleon und Don Quichote, versuchte die Wirklichkeit zu erobern, auch er galoppierte mit gefällter Lanze den Windmühlen entgegen, die keine Ungeheuer waren, und dennoch – die Flügel drehen sich und wachsen, wachsen und drehen und wehen alle Winde der Welt herbei...

3

Die Sonne ist höher gestiegen. Unten am Fluß fährt eine Kolonne von Radfahrern der Stadt entgegen.
Von der andern Seite der Paßhöhe ist ein Surren zu vernehmen. Der Motorenlärm wird lauter, kommt näher, bricht ab und steigt nach dem Knacksen der Schaltungen wieder an.
Der Laster hat die Paßhöhe erreicht und rattert gemächlich vorbei; zwei, drei Überlandwagen mit Anhängern folgen, überholen auf der Paßhöhe den Vorgänger und brausen die Serpentinen hinunter, der Stadt entgegen.
Catan stützt sich auf die Ellbogen, um die sich schlangenartig heraufwindende Straße besser zu übersehen. Der Zustrom von der Paßhöhe her wird stärker. Es ist Morgen, und unten ist die Stadt, in deren Bauch eine Speiseröhre führt, vollbeladen mit Gemüse, Käse, scheppernden Milchkannen und ratternden Kisten. Dort unten beginnen die Morgenträume; Körper bewegen sich im dämmernden Schlaf. Der Tag erwacht. Niemand wird entrinnen. Ein Bierwagen rasselt vorbei, weiter hinab, um die Flußbiegung herum, in der Vorstadt und dem Quai zu, dem Seegeländer, das der vollbeladene Camion durchschmettert; der Wagen versinkt, die Flaschen versinken, das Bier versinkt. Aus den dunklen Häuserreihen lösen sich Menschengestalten, spannen Regenschirme auf und schreiten lautlos über das Wasser, während die gußeisernen Rollen in den Druckereien zu rotieren beginnen und die Neuigkeit ausspeien...
Jetzt, unten in der Talebene, steuert ein Automobil dem Serpentinenhang entgegen und erreicht die erste Biegung.

Er springt an das Straßenbord, wischt sich nochmals über Gesicht und Haare, steckt die Krawatte in die Tasche und versucht, das zerrissene Hemd so gut wie möglich in den Falten der Jacke zu verbergen. Das Auto hat ihn nun schon beinahe erreicht. Er beginnt, die Rechte zu schwenken, und läuft ein paar Schritte in der angegebenen Richtung.

Kieswirbel. Staub. Der Wagen fährt vorbei. Minuten vergehen, bis ein zweites, ein drittes und viertes Fahrzeug sich durch die Hügelkurven emporschlängelt und auf die Paßhöhe zusteuert; keines hält. Dann wird es still.

Er setzt sich ins Gras und holt die Zigarettenpackung aus der Tasche; gleichzeitig verspürt er den Geschmack von Blut. Er klemmt das Taschentuch zwischen die Zähne, schiebt den Unterkiefer vor und preßt den Zipfel des Taschentuchs gegen die Oberlippe. Unten im Tal schimmert der Fluß, und die Steine glitzern am Ufer wie schwarze Seehundfelle.

Die Krawatte... Er knüpft sie wieder um; oft starren die Leute darauf, schielend beinahe, um ihm nicht ins Gesicht sehen zu müssen, und um ihnen den Gefallen zu tun, trug er die ausgesuchtesten, grellbuntesten Schlipse, unordentlich, schlecht gebunden, und darüber war sie, die Hasenscharte. Sie klebte unter seiner Nase, verkürzte die Oberlippe ein wenig, ein klein wenig bloß, jedenfalls hinderte sie nicht beim Sprechen. Sie verunstaltete ihn auch nicht, sie war einfach da. Iva starrte darauf, wenn sie sich stritten, demonstrativ, gehässig, als würde ihr Seelenleben dadurch gestört; auch beim letzten Mal, als sie sich sahen, und als er Sau sagte, armes Geschöpf, antwortete sie nichts, sie erhob sich wortlos und stolzierte auf dem schachbrettgemusterten Parkettboden stumm davon, während er wie ein schachmattgesetzter König sitzenblieb, inmitten von Rauch und Lärm, abgewürgt und steif nach all den massakrierten Stunden, Tagen und Nächten, die sie miteinander verbracht hatten. Er blieb sitzen, bis der Nebel von Rauch und Lärm sich zu verflüchtigen schien, bis sie wieder in jenem nächtlichen Sommergarten saßen, an den Holztischen und Hockern im blauen, warmen Schimmer, der zwischen den Baumästen hindurchdrang. Er war gefangen in dieser oder auch jener Julinacht. Eine geträumte Nacht! Eine lächerliche Nacht. Osterhasen saßen eierlegend in kleinen Käfigen rund um den Nachtgarten. Unentwegt und fröhlich pflanzten sie ihre Eier in die Käfige, aber schmierige, zerkratzte Hände und Arme tauchten von draußen auf, schoben sich durch das Dickicht der Sträucher, die den Nachtgarten einhüllten, und griffen nach den Hasen. Es ging sehr lange, bis er bemerkte, daß er alleine war, ohne die komischen Osterhasen, ohne jemand. Der Sommergarten war zu einer Insel geworden. Der Wind sauste in den Baumkronen, fetzte die Blätter mit sich, und auf allen Seiten des Hauses zischte die eisige Brandung eines Flusses, auf dem der Garten losgelöst und wie eine kreischende, rotierende Schallplatte abwärts schoß. Dann begannen die Explosionen; sie krachten und heulten im Finstern, klatschten Wogen von Wasser in den Garten, der immer noch flußabwärts sauste, kreisend, wirbelnd, brüllend; er sah Ballone wie Blasen aus dem Wasser aufsteigen, prall und gespannt, geädert, uterusähnlich. Sie platzten. Es ist bloß die Angst, sagte er sich, das ist die Angst. So werden in Kriegsfilmen Wasserexplosionen vorgetäuscht. Er wußte es, aber er schoß dennoch aus dem Schlaf auf...

4

Die Hitze des kommenden Sommertages wird spürbar, und er starrt in den Dunst, der wie angehauchtes Fensterglas über dem Morgenhimmel hängt.
Er raucht und starrt in die Ebene. Ein dreirädriger Lieferungswagen knattert beflissen den Serpentinen entgegen, hustet um die Schleifen und zieht an ihm vorbei; einen Augenblick deutet er in die Fahrtrichtung. Nichts. Die Stadt scheint wieder zu schlafen; er legt sich ins Gras zurück.

Am Abend war der kleine Hasenschartige, der Andere, auf den Tisch zugesteuert, greisenhaft-trottelig – eine wasserweiche Semmel, in der statt der Augen getrocknete Weinbeeren steckten. Der Andere guckte ihn mit kameradschaftlicher Vertrautheit an und deutete auf den vor ihm stehenden leeren Stuhl. »Besetzt«, sagte er halblaut, und der Andere grub sich wieder einen Weg durch die Stuhlreihen, stieß gegen Rücken; dann rief er ihn wieder zurück. Das hasenschartige, aufgedunsene Männchen bedankte sich mit devoten Verbeugungen, mit hängenden Armen, immer und immer wieder, zog umständlich den abgeschabten Überzieher aus, glättete die Ärmel, verwischte ein paar Falten und hing den Mantel umständlich über die Stuhllehne. Dann setzte er sich, als gedenke er, sich für Tage und Nächte niederzulassen, saß da, vornübergebeugt auf dem zurückgeschobenen Stuhl, die weichen Patschhändchen auf die Oberschenkel gelegt, stierte ihn an, erwachte wieder aus der Lethargie und wischte unsichtbare Stäubchen von den überlangen, hilflosen Ärmeln. Eingehend betrachtete er das vor ihm stehende Glas Bier und unterzog dessen Herkunft, Gewicht und Inhalt einer eingehenden Prüfung, beugte sich dann ruckartig vor und fixierte ihn mit der müden Intensität eines kastrierten Katers, vor dem man einen Wurstzipfel hin- und herschwenkt. »Sie sind Jurist, ja?« Er schüttelte den Kopf. »Oder verfügen Sie über Beziehungen zu einer Zeitung, ja?« Er schüttelte wiederum den Kopf. Das Semmelmännchen lehnte über den Tisch und kniff die Augen zusammen. Sein Atem roch nach alten Zeitungen. »Ich, ich weiß Dinge über Organisationen und Gesellschaften – bitte, was wissen Sie über Ärzte, natürlich nichts, nichts wissen Sie. Ist Ihnen jemals ein nahestehender Mensch gestorben, ja? Also, jemand ist krank. Der Arzt erscheint, dreimal, viermal. Der Patient stirbt, der Arzt klopft auf Ihre Schulter und füllt ein Formular aus, und Sie, Sie bedanken sich dafür, daß er sein Möglichstes getan hat. Sein Möglichstes?« Das Semmelmännchen lachte meckernd wie Rumpelstilzchen. »Hat er das? Was wissen Sie? Was verstehen Sie von Medizin? Und angenommen: der Arzt hat versagt, Sie wissen, daß er versagt hat – was dann? Anzeige erstatten? Auf die Polizei gehen? Tun Sie das! Tun Sie das, mein Lieber. Nach langer, langer Zeit werden Sie dann einmal vorgeladen werden, wieder und wieder. Und wenn Sie nicht müde werden – dann – dann schnappt man Sie.« Das Männchen schlug mit der Hand auf die Tischplatte, als zerquetsche es eine Fliege. »Ja. Man legt Sie auf einen Schragen, bindet Sie fest, verabreicht Ihnen ein paar Spritzen und schneidet Ihnen dies – dies hier – ins Gesicht.« Das Männchen preßte den Nagel seines Zeigefingers gegen die Hasenscharte. »Und die Ärzte tragen weiße Tücher vor dem Gesicht, denn sie dürfen nicht erkannt werden, verstehen Sie? Niemand will heute erkannt werden.« Catan versuchte vertrauensvoll zu lächeln; als wisse er Bescheid. »Man muß auf der Hut sein, immer muß man auf der Hut sein«, sagte die aufgeweichte Semmel und begann zu flüstern. »Auch zu Hause, besonders zu Hause. Ich warne Sie.« Dann griff der Andere in die Brusttasche und zog eine Handvoll verschmierter Blätter hervor; sie waren mit drahtigen, verkrümmten Schriftzeichen bedeckt, als hätte man tintenbeschmierte Käfer darauf spazieren lassen. »Das Wichtigste ist hier aufgezeichnet; Namen, Listen, Organisationen und – die Verantwortlichen. Die Namen aller Verantwortlichen, mit Adresse und Berufsangabe... Eines Tages wird man handeln müssen. Überall werden die Mauern errichtet, überall, in den Geschäften, in den Verwaltungen, selbst in der Kirche – überall. Niemand weiß über den andern Bescheid; nur wenige, und die errichten die Mauern... Eines Tages wird man handeln müssen.« Leute an den Nachbartischen drehten sich neugierig zu ihnen hin. Er trank die Cognacs in rascher Folge, während das Semmelmännchen unaufhörlich weitersprach: wie alles in Weiß gekleidet war, wie er auf blutbefleckten Tüchern lag und man ihn gezwungen hatte, zuzusehen, wie man seinem Vorgänger die Oberlippe bis zur Nase aufklaffen ließ, ohne Anästhesie, denn es handelte sich um einen, der ebenfalls Bescheid wußte. Einen Hartnäkkigen, wie das Männchen vieldeutig tuschelte.

5

Er ist wieder eingeschlafen. Das ferne Brummen eines Lastwagens aus der Stadtrichtung weckt ihn auf, Catan geht zum Straßenbord. Der Wagen ist an der zweitletzten Biegung angelangt, schwerfällig, keuchend und mit triefendem Kies beladen; das Wasser rinnt wie Schweiß über die Seitenbretter, über das Blech und die mächtigen Doppelräder, die nun der Paßhöhe zusteuern. Er winkt mit dem Arm und dem ausgestreckten Daumen zur Paßhöhe hin. Aber der Wagen rollt stur vorbei; der Fahrer wendet sein Gesicht keinen Zoll aus der Fahrtrichtung.

Es mag gegen acht Uhr gehen. Hinter der Flußbiegung glitzern die Rangiergeleise; ein Stück Glas oder Chrom gleißt irgendwo.

Fahle, pergamentene Haut umspannte die Backenknochen Birmanns, der ihn an diesem Nachmittag im Korridor anhielt, ein Dossierbündel zwischen Ellbogen und Hüfte geklemmt. »Einfach so«, sagte er. »Es ist schwer zu begründen. Es richtet sich jedenfalls nicht gegen Ihre Persönlichkeit. Sie passen nicht hierher. Im Grunde. Sie sind unzufrieden hier, man spürt das.« Er hörte kaum hin. Durch die Glasscheiben der Kontore sah er die Gesichter seiner Kollegen über Papier und Tabellen geneigt; die Münder bewegten sich zuweilen, lautlos, wie unter einer Käseglocke, die Hände griffen auf ein unhörbares Signal nach Telefonhörern, schrieben Zeichen in die Luft, Zahlen, Kostenvoranschläge, geheimnisvolle Runen der Preise von Textilien, Waschmaschinen, Motorrollern, kosmetischen Cremen, Flugreisen, Staubsaugern, Antibiotika, Lebensversicherungen, Teppichen,

Kremationen, Sedativen, Chronometern, Kaffee, Lederkoffern –: ein hektisches, fahles Menetekel der steigenden Lebenskosten. Die Gesichter lachten zuweilen, grinsten, entblößten zwei Dutzend Zähne, Brücken, Prothesen, Amalgamplomben, Goldkronen und beinernen Schmelz unter dem fliehenden Fleisch der Paradentose. Aber das Lachen war unhörbar, abgedreht wie der Ton eines Films, der unversehens zur grotesken Pantomime geworden ist; Unterkiefer schoben sich fletschend auf und ab, kauten die stickige Leere des Raumes, würgten sie in den Labmagen, in den Pansen und wieder empor in den Rachen und zwischen die Zähne, spien sie aus und sogen sie wieder ein, die gesprächsverlorenen Augen in eines der Nebenaquarien fixiert, in dem Sekretärinnen geräuschlos Schreibmaschinentasten befummelten, zuweilen mit heruntergezogenen, fischigen Mundwinkeln nach aufblinkenden Zahlen an der Wand luchsten und – plötzlich aufspringend – wie nach einem Köder schnappten. Zuweilen ging jemand hinaus, aktenbeladen, kam wieder herein und setzte sich vor die Maschine, mit zusammengepreßten Oberschenkeln, enger und enger, bis sie unten schließlich zu einer Fischflosse zusammenwuchsen ... Birmann redete noch immer. Er wiederholte die nämlichen Worte mit andern Worten, während er selbst in die Bureauaquarien hinübersah. Dann ließ er den Bleistift fallen. Der Bleistift schlug auf dem Boden wie auf dem Resonanzfell einer übermächtigen, tonnenähnlichen Trommel auf. Die Scheiben begannen zu vibrieren, zu zittern, zerbarsten, zersprangen, durch alle Räume hindurch, von Aquarium zu Aquarium; Wasser flutete aus dem hintersten Bureauraum in den nächsten und in die folgenden und füllte sie gurgelnd und perlend auf. Fleischähnliche Wolken schwammen mit dem hereinbrechenden Strudel von Raum zu Raum, wimpernlos, glotzend; durchsichtig, quallig, gallertenartig und zugleich sich verwandelnd, von Aquarium zu Aquarium das Stadium ändernd: Kiemen begannen sich zu bilden, flossenähnliche Extremitäten; er kannte die Gesichter wieder, die stummen, gierigen Mäuler der Korrespondenten und Buchhalter. Schuppen glänzten auf ihren Bäuchen. Sie schlugen mit klatschenden Flossen um sich, das Wasser spritzte auf, schäumte, löste die Fließblätter zu Fasern auf, zog bläuliche Tintenschlieren über die Kartotheken, die zu urzeitlichen Schachtelhalmen aufquollen, grünlich, schaumig, zerfließend. Die Mädchenhaare schwammen als Tang, leuchtend und lockend; Fischleiber warfen sich im strudelnden Wasser herum, klatschten an die Scheiben des Aquariums, in dem der blasige Laich anwuchs.

»So geht es natürlich nicht«, sagte Birmann. »So geht es natürlich nicht. Früher oder später ginge es doch nicht mehr.« Er gab keine Antwort. »Falls Sie sich beschweren wollen, so suchen Sie eine höhere Instanz auf«, fügte er noch bei.

Aber es gab keine höhere Instanz. Wegen eines einzigen Vertreters bemühte sich der Verwaltungsrat bestimmt nicht.

Die Mauern wuchsen.

6

Aus dem lichten Email ist das Blau des Sommermorgens geworden. Eine Kolonne von Fahrzeugen zieht an ihm vorbei; achtlos. Hie und da ein neugieriger Blick aus dem Fenster; niemand hält. Auch der hellgrüne Roadster, der eine Minute später emporfliegt, fährt an ihm vorbei, stoppt dann zwanzig Schritte weiter, unmittelbar vor der Paßhöhe. Catan hält dies für eine Aufforderung und setzt sich in Trab. Der Fahrer deutete mit einer abwehrenden und zugleich erklärenden Handbewegung an, daß er das Sommerdach öffne.
Er schlendert das Stück zurück und setzt sich etwas oberhalb des bisherigen Warteplatzes in den Schatten einer Tanne. Die Hitze ist nun beinahe unerträglich. Aus beiden Achselhöhlen fließen kleine Bäche von Schweiß.
Einmal will er zu einem der beiden Bauernhäuser hinuntergehen, um einen Schluck Wasser zu trinken; als er sich anschickt, sieht er zwei junge Leute quer über die Serpentinen heraufstapfen; die beiden nähern sich vollbepackt, grüßen mit kurzer Handbewegung: zwei Dutzend Schritte weiter oben bleiben sie stehen. Er sieht ihre sportlichen, braunen Bubengesichter unter den Pfadfinderhüten und wundert sich über seine Abneigung gegen soviel gesunde Harmlosigkeit. Sie spähen hinunter in die Talebene, aus der nun wieder zwei Automobile heranfahren. Die beiden stellen sich in Positur; der eine zieht einen Fetzen Stoff aus der Tasche, ein Fähnchen, und beginnt es zu schwenken.
Die Fahrzeuge haben nun die oberste Biegung erreicht und werden in wenigen Sekunden vorüberbrausen. Der erste fährt vorbei, an seinem Daumen, an den beiden

Jungen. Auch der zweite hat ihn nun passiert, hält bei den beiden. Jemand öffnet die Tür, und die Pfadfinder nehmen unter lauten Begrüßungs- und Dankesformeln in den Rücksitzen Platz. Staub stiebt auf. Der Wagen fährt davon.

Catan fühlt einen leichten Schwindelanfall. Dann geht er zur Stelle, an der die beiden eingestiegen sind, und setzt sich ins Gras, erhebt sich wieder: ein Lieferungswagen rattert heran. Er hält nicht.

Der Verkehrsstrom nach der Stadt ist wieder stärker geworden. Motorräder erscheinen in der Paßhöhe, Burschen, die auf ihren Ledersitzen wie geile Affen thronen. Er ist aufgestanden und kauert nun wieder in das sonnenverbrannte Grasbord. Du bist achtundzwanzig, sagte er sich, du bist neurotisch, du bist sechs Fuß groß, du heißt, wie du heißt, du bist, der du bist, steh auf und geh. Wozu fort? Durchhalten? Es gibt nichts durchzuhalten. Halte trotzdem durch! Geh zurück. Behaupte dich. Es ist Morgen, es ist Hochkonjunktur; du kennst viele Leute in der Stadt, und viele kennen dich. Sie schätzen dich sogar. Sei kein Trottel, geh zurück. Es ist Morgen. Junge Frauen fahren zum Marktplatz, begucken die Schaufenster, kaufen sizilianische Pfirsiche und die ersten Äpfel, Schweinebraten und Joghurt, hellblau gestreifte Sommerleibchen für ihre Gatten – der Tag ist jung. Gespenster altern rasch. Chimären sind auf Postkarten abgebildet...

Wieder ist ein Wagen aus der Stadt in der letzten Biegung aufgetaucht; noch eine halbe Minute, noch ein paar Sekunden – er erhebt fast bittend beide Hände und schwenkt sie in Richtung der Paßhöhe. Vorbei.

7

In der Talebene ist eine neue Kolonne zu sehen, rasch, glitzernd, zielbewußt.

Nachdem er Birmann hatte stehenlassen, ging er gleich hinunter und holte sein Monatssalär, ordnete ein paar Dinge und ging, ohne sich verabschiedet zu haben. Dann hatte er – noch am Nachmittag – zu saufen begonnen, und dann kam jenes Semmelmännchen, dem er nur halbwegs zuhörte, ja, das er zu überhören bemüht war, und er hörte auf das Geplätscher, das Geplätscher wuchs zu einem Strom an, der ihn mitriß; nur links und rechts ansteigende Mauern, die keinen Halt boten... Einmal fühlte er die Hände des Kellners, die ihn anfaßten, ein paar Scheine aus seiner Tasche zogen und ihm das Wechselgeld hineinstopften. Die Straßen waren leer; er starrte schmaläugig in die Lichter. Jetzt geschah es: aus dem dunklen Torweg, vor dem er stehengeblieben war. Die Uniformierten kamen auf ihn zu, gemächlich, mit anerzogener, unterstrichener Flottheit; eine Taschenlampe fuchtelte vor seinem Gesicht: Wirds bald? Hier ist kein Wartesaal. Wirds? Er rührte sich nicht. Einer der zwei Polizisten packte seine Schulter, preßte den Daumen in seinen Muskel: Ihren Ausweis! Ihren Ausweis, bitte! Er blieb mit hängenden Armen stehen. Die beiden warfen sich einen kurzen verständnisvollen Blick zu und sahen ihn dann mit der persönlichen Entrüstung der Polizisten an. Catan pfiff leise vor sich hin. Nun wirds aber humorlos, sagte einer. Nun wirds aber humorlos. Wir tun unsere Pflicht. Ein Schwuler, sagte der andere, ein pferdegesichtiger Mann. Höflich aufgefordert, sagte der erste

ruppig. Höflich! Wir kennen schließlich die Kerle, die hier herumlungern. Herumlungern, wiederholte das Pferdegesicht, jawohl: herumlungern. Los: die Ausweise! Ausweise, echote der andere. Die Personalien! Man hat höflich gefragt, stimmts? Stimmts nicht? Eine Hand begann ihn zu schütteln, als müßten die verlangten Ausweise aus seinen Hosenstößen herabfallen. Es war eine bloße Reaktion: er hieb dem Pferdegesicht die Faust in die Mitte, erhielt gleichzeitig einen wuchtigen Schlag mit der Taschenlampe, glitt aus, fiel auf den Boden und hob noch rechtzeitig den Fuß, um ihn dem andern, der sich über ihn beugte und an seinen Kleidern zu zerren begann, ins Gesicht zu stoßen, während bereits die Fausthiebe des Pferdegesichtigen auf seinen Kopf hämmerten. Er versuchte sich aufzurappeln, erhielt einen Hieb mit der Taschenlampe auf seine Backenknochen und einen Fußtritt in den Magen. Er fiel zurück, krümmte sich wieder auf, zog die Beine an und fühlte einen dumpfen Schlag in seinem Genick. Er krümmte sich wiederum und übergab sich auf einen der Polizistenstiefel, der sich angewidert zurückzog und ihn in die Seite trat.
Sie schleppten ihn die Straße entlang; Hiebe und Flüche. Einmal erreichten sie einen kleinen Platz, auf dem nächtliche Heimkehrer stehenblieben. Reißen Sie sich doch zusammen, sagte das Pferdegesicht mit väterlicher Entrüstung, Sie sind ja betrunken. Sie schleppten ihn weiter, eine Gasse hinauf, über einen zweiten Platz... Sein Kopf war wieder klarer. Gassen zweigten ab, enge Seitenstraßen; er stieß einen würgenden Ruf aus, fiel in die Knie, wurde sachte von den beiden emporgezogen, sackte abermals zusammen und strauchelte einen Schritt weiter: ihr Griff ließ nach, und er stieß mit den Ellbogen

wuchtig hinter sich, riß sich los und raste in langen Sätzen davon, um die erste Ecke, um die zweite, eine hallende Steintreppe empor, dann wieder geradeaus, in einen Vorgarten, hinein in den Hausgang, wo er sich flach auf den Steinflies legte. Die Schritte draußen verklangen, kamen zurück, verloren sich...

8

Die Sonne ist gegen Zenit gerückt.
Nach beiden Seiten flitzen die Fahrzeuge aufpuffend und staubwirbelnd vorbei. Vielleicht ist er schon eins geworden mit dem graugelben Grasbord, an dem er seit Stunden wie eine Statue steht. Niemand wird anhalten. Seine Schleimhäute und Speicheldrüsen sind ausgelaugt, und die Zunge fühlt sich wie Kautschuk an. Der stumme Arm der Stadt greift unsichtbar zu ihm, winkt herablassend und deutet zur andern Straßenseite. Er gehorcht.
Stolpernd überquert er den aufgeweichten Asphalt, der unter seinen Füßen glüht. Weißes, gefiltertes Feuer fällt aus der Bläue, und seine Oberlippe ist aufgesprungen. Der Arm aus der Stadt winkt.
Gut. Zurück! Aber auf diese Fahrt will er nicht warten. Taxi! Taxi! Taxi! Er winkt den in neuer Welle heranbrausenden Fords, Chevrolets, Studebakers, Opels, Simcas zu, mit Daumen und Zeigefinger knipsend und nach der Stadt hin deutend. Aber die Fahrzeuge zischen vorbei, knallen mit den Auspuffventilen und spritzen Kiesel nach links und rechts.

Der Staub hat sich gesetzt. Wieder vernimmt er das Brausen eines Motors. Er rennt zur Straßenmitte und hält

beide Hände in die Höhe –: der Wagen ist schon da, der Fahrer winkt aufgeregt mit der Hand, er ist schon zu nahe, die Räder flattern und kreischen: der Mann auf der Straße wird vom Kotflügel erfaßt, wie ein Federball fortgeschleudert; dann klatscht er auf den Asphalt.
Mehrere Fahrzeuge aus beiden Richtungen halten an, Männer rennen herbei und beugen sich über ihn. Aus. Fertig. Einer beugt sich etwas tiefer. Cognac, sagt er witternd. Dreistern. Stark angetrunken. Bin Zeuge, selbstverständlich. Der Mann ist gleichsam absichtlich vor Ihre Räder gerannt.
Mehrere sind Zeugen. Sie tauschen unter Verbeugungen ihre Visiten- und Geschäftskarten aus, schleppen den Körpersack in eines der Automobile, knallen die Türen zu und brausen der Stadt entgegen.

Catan hat sich erbrochen. Sein Mund riecht bitter und säuerlich; er stopft sich eine Handvoll Gras zwischen die Zähne. Er ist nicht überfahren worden. Er ist überhaupt nicht in die Straßenmitte gerannt. Er setzt sich wieder an das Bord und versucht die Ohnmacht aus seinem Kopf zu schütteln: ein Nachtmahr bei Sonnenlicht, Staub, Benzingestank, Durst und Müdigkeit. Er greift in die Tasche und klaubt eine Zigarette hervor.
Wozu steht er noch hier? Seine Schlacke ist als Gespenst in einem Automobil in die Stadt zurückgesaust. In die Stadt! Seine Stadt! Der Wahnsinn ist zerplatzt. Er ist nicht mehr. Er ist verflogen, schwebt anderswo, er flüstert wieder in den sonnenheißen Gassen der Stadt, wartet in den Herbstwinkeln der Plätze, in den Boulevards und Museen, den Selbstbedienungsläden und Tramhäuschen.

Er stößt den Rauch in die Luft und beginnt hustend zu lachen, so lange, bis ihm die Tränen in die Augen schießen und er den Speichel im Mund wie einen jungen, frischen Quell verspürt. Er fährt mit Hand und Ärmel über das verschwitzte Gesicht.

Wieder ist ein Wagen herangefahren. Er hält. Die Tür öffnet sich, und ein herausragender Kopf ruft ihm einladende Worte zu. Die Stimme klingt freundlich, jovial. Catan dreht ihm den Rücken, beginnt den aufgeschlitzten Ärmel abzureißen und wirft ihn wie eine leere Wursthaut auf die Straße.

Der Mann beginnt ungeduldig zu werden. »Wollen Sie? Ja oder nein?«

Catan murmelt vor sich hin.

Der andere scheint ihn nicht richtig gehört zu haben und legt die Hand ans Ohr. Der Kopf zieht sich hochrot zurück, die Tür wird zugeschmettert, und mit wütendem Grollen rollt das Auto an, die Serpentinen hinunter, der Stadt entgegen.

Er wirft die Jacke über die Schulter. Alle Müdigkeit ist von ihm abgefallen. Er beschleunigt seine Schritte durch das ungemähte Gras, geht quer über die Felder. Jede Himmelsrichtung ist richtig. Das Weitere wird sich finden. Die Sonne steht hoch. Gerade über ihm. Nicht mehr nahe, sondern weit, hoch oben. Es ist Mittag.

55/1/8.84

Suhrkamp Taschenbücher Materialien

Plenzdorfs ›Die neuen Leiden des jungen W.‹ Hg. P. J. Brenner. st 2013

Rilkes ›Duineser Elegien‹. Drei Bände. Hg. U. Fülleborn. st 2009/2010/2011

Schillers Briefe über die ästhetische Erziehung. Hg. J. Bolten. st 2037

Spectaculum. Deutsches Theater 1945-1975. Hg. M. Ortmann. st 2050

Martin Walser. Hg. K. Siblewski. st 2003

Weimars Ende. Im Urteil der zeitgenössischen Literatur und Publizistik. Hg. T. Koebner. st 2018

Ernst Weiß. Hg. P. Engel. st 2020

Peter Weiss. Hg. R. Gerlach. st 2036

Peter Weiss: ›Ästhetik des Widerstands‹. Hg. A. Stephan. st 2032

55/2/8.84